Junichiro
Izumida

講談社文庫

夜光曲

薬師寺涼子の怪奇事件簿

田中芳樹

講談社

目次

口絵・本文イラスト　垣野内成美

夜光曲《やこうきょく》

薬師寺涼子の怪奇事件簿

第一章　緑の風もさわやかに

I

気持ちよく晴れわたった五月の朝だ。東京のようなコンクリート・ジャングルにも、さわやかな初夏の風が吹き渡って、量がすくないとはいえ若葉の色どりが目にやさしい。

盛夏《せいか》ともなれば巨大都市は赤道直下の酷熱地獄と化すが、そうなるまではまだいくばくかの猶予《ゆうよ》期間がある。無機物と無彩色とが無限にひろがる人工物の海のただなかに、いくつか緑の島が浮かんで、東京がまだ人の住める場所であることをしめしているのだ。

いくつかの緑の島のなかで、新宿御苑《しんじゅくぎょえん》といえば最大級のものだ。面積約五八万平方メートル。郊外の建売住宅なら、ざっと四五〇〇戸分。門もひとつだけのはずはない。

私は千駄《せんだ》ヶ谷《や》門の前にたたずんでいた。背後はマンションが並ぶ渋谷《しぶや》区の住宅街だ。

門の前にテープが張りめぐらされている。

私の視線がテープをこえて門の奥へと向かう。その先には、大小何十本かの樹木が並んでいる。一枚の葉もつけず、樹皮《じゆひ》は漂白されて生気をうしない、冬の原野さながらに荒寥《こうりよう》たる姿だ。

「何だってまた……」

私のつぶやきは、足音にかき消された。褐色《かつしよく》の枯葉を踏みつけるハイヒールの音だ。カサカサ、パリパリ、乾いた音をたてて、新宿御苑から飛んできた枯葉が砕け散る。念のため確認しておくが、時は五月。私はまちがったことを語ってはいない。

「誰のシワザかしらねえ、まったく」

声の主《ぬし》が私のすぐ右側に立つ。ご自慢のジャガーを近くの駐車場に置いてきたところだ。水色のシルクのブラウスに白いサマースーツ。タイトなミニスカートから伸びる脚の長さ美しさは、人間国宝への指定を要求しているかのよう。短い茶色の髪が初夏の風にそよぐ。鼻といい口といい、そのまま美術の教科書になりそうな完璧《かんぺき》さ。両眼は精彩にあふれ、鋭くかがやいている。

「泉田《いずみだ》クン、どう思う？」

私の名は泉田準一郎《じゅんいちろう》、年齢は三三歳、独身、職業は警察官、階級は警部補、肩書は警視庁刑事部参事官付《づき》である。

私を呼んだ女性は、薬師寺涼子《やくしじりょうこ》という。年齢は二七歳、独身、職業は警察官、階級は警視、肩書は警視庁刑事部参事官。私の肩書から「付」の一字をとればいい。つまり私にとって年下の上司である。その絶代《ぜつだい》の美貌と無双の兇悪さにおいて、警視庁に雷名《らいめい》をとどろかせる魔女王《ウイッチ・クイーン》。人呼んで「ドラよけお涼《りょう》」。これは「ドラキュラもよけて通る」という意味だ。

せいぜい礼儀ただしく、私は反問した。

「誰のシワザ、とおっしゃいましたが、これは人為《じんい》的なものだとお考えですか？」

「あたりまえでしょ。これが自然現象なわけないわよ。周囲は何ともないのに、新宿御苑の草木だけ全部、枯れてるなんてさ。初夏よ、新緑の季節でここだけが灰色。ありえない！」

「そうですね」

我ながら芸のない反応だが、うかつなことは口にできない。「ドラよけお涼」は奇想の女《ひと》だ。私にしゃべらせておいて、内心で何を考えていることやら。

「新宿御苑だけが時間移動して半年後の世界にいったんだ、なんて、お手軽なSFもどきのこといわないでよ」

「いいませんよ」

「新宿御苑だけが空間移動して南半球にいった、なんてのもダメよ」

「いいませんったら」

「それじゃ、どう思うの」

たたみかけられて、私は、未熟というより半熟状態の考えを口にした。

「枯葉剤《かれはざい》あたりを使った環境テロ、という可能性はありますね」

「何のためのテロよ」

「そこまではわかりません」

あらためて新宿御苑を見やる。門の外には、マンションの植栽などささやかな緑が点在しているのに、門内は気のめいるような灰色の荒野だ。

ずっと昔、といっても二〇世紀後半のことだが、ベトナム戦争と呼ばれる戦争があった。その歴史的・国際政治的な意味はともかく、ジャングルを利用した敵のゲリラ戦に苦しめられたアメリカ軍は、他の誰も考えつかなかった作戦を考えついたのだ。

「ジャングルがあるから、我々は苦戦するのだ。ジャングルをなくしてしまえば我々の勝利だ」

かくして「枯葉剤」と呼ばれる化学兵器が、白い霧となってベトナムのジャングルに降りそそいだ。木は枯れ、草はしぼみ、広大なジャングルが丸裸になった。ついで に周囲の田や畑も不毛地になった。植物を殺す化学兵器が動物にとって無害なはずもなく、野生動物が倒れ、家畜が死に、人間も倒れた。とくに世界各国が眉をひそめたのは、枯葉剤の最大の犠牲者が胎児だったことだ。生まれつき両眼や両手のない赤ん坊の写真が全世界に流れ、批判の声が嵐となり、それが世界最強の軍隊を敗退させることになる。

「勝つためでも、絶対やっちゃいかんことがあるってことだよ」

とは、私の同僚である丸岡《まるおか》警部の言だ。彼は新米の制服警官のころ、ずいぶんベトナム反戦デモと「つきあった」のだという。

化学兵器だとすると、この場にいて呼吸しているだけで危険なはずだ。だが涼子は平然として脚をあげ、テープをまたごうとした。同時に、私の視界に人影がわいて出た。年齢は四〇歳ぐらいだろうか、灰色のスーツを着こんだ男が両手をひろげて彼女をはばんだのだ。

「立ち入らないでください」

涼子は高くあげた脚をそのままに、妨害者を見すえた。

「あたしたち、警察の者だけど」

「知っています」

即答《そくとう》して、男は好意のカケラもない視線で私たちを突き刺した。なるほど、「ドラよけお涼」を知っているからには素人《しろうと》さんではない。

涼子は脚をおろし、睫毛《まつげ》の長い目をかるく細めた。

「あんたたち、公安部ね」

今度は、男は返答しない。ひときわ陰険に両眼を光らせただけである。内心で、私は苦笑した。へたな俳優がシナリオどおりに型どおりの公安警察官を演じているような印象だ。だが、これで私は確信した。公安部がこの件にからんでいるからには、テロと断定された、ということだ。

意外だったのは涼子が踵《きびす》を返すようすを見せたことだ。めずらしいことだが、粘りもせず、ダダもこねず、どうやら出直すつもりらしい。

「いくわよ、泉田クン」

「いいんですか」

「どうせ公安部が事件を解決できるわけないでしょ。見込み捜査で、無実の人間を逮捕したあげく迷宮入り、というのが公安部の伝統芸なんだからさ。今度は誰を不当逮捕して恥をかくか、楽しみよねえ、オーホホホホ！」

一秒で一〇〇人の敵を生産する、ドラよけお涼の高笑いである。公安警察官の顔がひきつって、ウサギを連想させる顔に肉食獣の影がよぎった。私としては愉快にばかり感じてはいられなかった。涼子に対する彼らの憎悪は、部下である私にもおよぶ。ドラよけお涼は憎まれたくて憎まれているのだが、私は穏健《おんけん》で常識的な公務員だから、あまり同業者にきらわれたくない。不本意ながら、いつか公安部に人事異動する可能性だってゼロではないのだから。

「もういいでしょう、引きあげるんだったらいさぎよくね」

「何よ、君、公安部の肩を持つの!?」

「持ちやしませんよ。ただ、公安が出て来たのは上層部《うえ》の指示でしょうし、だとしたら、あなたに権限はないんですから、ゴリ押ししてはいけません」

「権限なんて、どうでもいいのよ。あたしが興味を持った以上……」

いいさして、涼子は紅唇《こうしん》を閉ざした。急にわざとらしい笑顔をつくり、今度こそほんとうに踵を返す。私は公安の男に目礼《もくれい》して彼女につづいた。公安の男は礼も返さず私をにらみつけたが、それはそれでかまわない。今後のために、この男の顔は憶《おぼ》えておく必要がある。

歩みながら、ワガママな上司が提案した。

「どこかでお茶でも飲もうよ、新宿御苑が見えるところで。そして作戦会議といこう」

公安部は新宿御苑全体を封鎖してしまいたいところだろうが、長々とつづく金網や鉄柵《てつさく》をビニールシートでおおってしまうわけにもいかないだろう。もしそれを実行したとしても、周囲のビルの上階からは新宿御苑の全景が見わたせる。いくら秘密主義の公安部でも、都民に対して、窓の外を見るなとはいえない。

第一、すでに報道関係者の姿があちらこちらに見える。ここ数日、たいしたニュースもなくて、昨日の夕方のTVニュース番組のトップを飾ったのは、韓国の美男俳優に隠し子が発覚した、という報道だった。よくいえば平和そのものだが、ぬるま湯にひたって風邪《かぜ》でもひきそうな、刺激のない退屈な数日だったのだ。

「サクラTV」と白文字で記されたマイクロバスが駐《と》まっている。社長の趣味か番組プロデューサーの嗜好《このみ》か、車体の色は赤紫色だ。腕章をつけた若い女性レポーターが、中年の主婦にマイクを突きつけている。主婦はエプロンを身に着けていたが、そのエプロンには、やたらと無表情の、直立する白いネコが描かれていた。

「夜中にねえ、ザザーッというかパラパラというか、雨みたいだけど、それにしては乾いた変な音がしたのよ」

「それが葉の落ちる音だったんですね」

「何千本だか何万本だか正確な数は知らないけど、たくさんあるでしょ、木が。いっせいに葉を落とすと、あんな音がするのねえ。一生、忘れられないわ。あっ、ちょっと待ってよ、もしこれが何とか菌とか何とかガスとかのせいだったら、現在《いま》だってあぶないじゃないの。いやだ、どうしてくれるのよ！」

「いや、あの、わたしたちにいわれても……」

危機感がありそうでなさそうな会話を横に、涼子と私は公園ぞいの道を二、三分歩いて、一軒の喫茶店にはいった。

II

正確には、はいろうとしたときだ。ひとりの男が涼子の前に立った。立ちはだかる、という印象ではなく、うやうやしく一礼する姿はホテルのフロント係を思わせる。渋い中年の紳士である。

「お嬢さま、ご指示どおりにいたしました」

「貸し切りにしてくれた？」

「はい、とりあえず今日いっぱい、この店はお嬢さまの貸し切りになっております」

「ご苦労さま」

オウヨウに涼子がうなずいてみせると、男は恐縮したようすだ。

「おそれいります。ですが、買いとらなくてもよろしかったのでしょうか」

「今回はそこまで必要ないわ。もう帰ってくれてけっこうよ」

「では失礼いたします。また御用の際には、いつでもお申しつけくださいますよう」

あらためて涼子に一礼すると、男は私の顔に遠慮がちな視線を向けたが、それも一瞬のこと、粛々《しゅくしゅく》として立ち去った。私はつい見送ろうとしたが、涼子に腕を引っぱられ、喫茶店に足を踏みいれた。

「あの人、ＪＡＣＥＳ《ジャセス》の社員ですか」

「そう、秘書室の次長」

薬師寺涼子の父親は、もと警察庁のキャリア官僚で、現在は巨大企業ＪＡＣＥＳのオーナー会長である。ＪＡＣＥＳは世界屈指の警備保障会社だが、無数の企業やプロジェクトに投資して、富は富を産《う》み、金の卵は毎日孵《かえ》りつづけるという、けっこうな状況らしい。

涼子はオーナーのご令嬢であり、彼女自身も大株主なのだ。美貌と才能、富と権力、いずれも他人の一〇〇倍を誇っている。一方、良識と協調性は一〇〇分の一である。後者の不足は、前者の豊かさをそこなうものではないらしく、彼女の颯爽《さっそう》たる歩みは、人生の途上でとどこおった例《ため》しがない。いまのところ。

手動のドアを後ろ手に閉めると、前方に、好ましい空間がひろがった。

生活にゆとりのある人が、道楽半分に営《いとな》んでいる喫茶店なのだろう。調度品も重厚で、落ち着いた雰囲気《ふんいき》を演出している。絶妙のボリュームで音楽も流れているが、はて、誰のつくった曲だろうか。

「ドヴォルザークね」

私よりはるかに素養のある上司がいい、カウンターを見やった。口髭《くちひげ》に蝶《ちょう》ネクタイという姿のマスターが、店の時間と空間を買いとったブルジョワ美女に目礼する。

「アイリッシュコーヒーをお願いね。泉田クンは？」

「私は普通のブレンドで」

そう答えたときである。

「ミレディ！」

みごとなハーモニーで、うら若い女性たちの声がひびいて、奥の座席で複数の人影が立ちあがった。窓からの光がとどかず、照明も抑《おさ》えられてセピアの色調のなかで、そこだけ天然色《フルカラー》に花が咲き競《きそ》ったようだ。

涼子が片手をかるくあげて応じた。

「マリアンヌ、リュシエンヌ、ご苦労さま」

ややあわただしい印象でフランス語の会話がかわされた。一段落したところで、ふたりの美少女は私にも挨拶《あいさつ》し、四人そろって席に着く。

彼女たちはおそろいの服装だった。アイボリー色のスーツに、薄いラベンダー色のシャツ、シルバーグレーのタイ。ただ、黒髪のマリアンヌはパンツスーツで、褐色の髪のリュシエンヌはミニスカートを着用している。ちょっと宝塚《たからづか》少女歌劇みたいな雰囲気もあるが、無邪気に見とれてはいられない。

リュシエンヌとマリアンヌは、薬師寺涼子のメイドなのだ。パリのアパルトマンを管理しているはずだが、どうやら日本に渡航してきたらしい。何のためだろう。

ふたりの美少女が単なるメイドなら、上司の私生活に、私は干渉する気はない。だが彼女たちはちがうのだ。黒髪のマリアンヌは銃器をあつかう天才、褐色の髪のリュシエンヌは電子機器を操作する天才なのである。しかもマリアンヌは充分コンピューターに通じているし、リュシエンヌは銃器でも達人だ。ふたりそろってナイフも格闘技も卓絶した技倆《ぎりょう》を有している。危険な女主人《ミレディ》にふさわしく、危険なメイドたちなのだ。

私はさぞ複雑な表情をしていたのだろう、涼子がニコヤカにとりつくろう。

「マリアンヌとリュシエンヌは、この将来《さき》当分、日本に滞在することになってるの」

「なってる」って、そう決めたのは涼子だろう。

「観光客としてですか」

「土曜日と日曜日はね」

「あとはメイドとして？」

「それは月・水・金。火曜日と木曜日はＪＡＣＥＳの学校で講師として働いてもらうわ。女性向けの護身術教室とか、コンピューター・セキュリティの授業でね」

彼女たちには適任だろう。それ以上、適任の仕事があることを、私は知っている。だが、よけいな口を差しはさむのはやめて、私はべつのことを質《ただ》した。

「いつまでですか」

「この子たちがパリに帰りたいといいだすまで」

それじゃ永遠じゃないか。このふたりは敬愛する女主人《ミレディ》といっしょにいたいのだから。

「そんなことより、公安のヤリクチについて意見を聞かせてよ。あいつら、どうやって秘密裡《り》に捜査すると思う？」

単にヤジ馬を近よせないだけなら簡単だ。化学兵器が使用された可能性がある旨《むね》、公式発表すればよい。誰も新宿御苑には近づかない。そのかわり、新宿区と渋谷区はパニック状態におちいるだろう。

リュシエンヌとマリアンヌがテーブル上にノートPC《パソコン》をのせ、起動《きどう》させた。

何となく私は腕を持ちあげて袖《そで》の匂いをかいだ。とくに刺激臭はしなかった。毒性の液体でも付着していたら、とっくに眩暈《めまい》や嘔吐感《はきけ》におそわれているだろう。いまのところ私は健康そのものだった——肉体的には。

注文の品が運ばれてきた。いい香りだ。カップに手を伸ばしかけて、私は、窓の外の風景に気づいた。

「機動隊のお出ましですよ」

「防護服は着てないみたいね」

「これから着るんじゃないですか」

いささか行儀が悪かったが、私は席を立って窓に近づいた。ヘルメットをかぶり、ジュラルミンの盾《たて》を持った機動隊員が、小走りに左から右へと駆け去っていく。一個小隊ほどの人数だ。ふと気づいて、私は知人の姿を探したが、見あたらなかった。席にもどると、涼子がイヤミたっぷりにいう。

「うかつに目撃者になると、後がこわいわよ」

私はせいぜいまじめくさって応じた。

「まさか目撃者を全員、口封じするわけにはいかないでしょう」

新宿御苑の周囲には、何万人の人が生活していることだろう。TVニュースを見た人はその一〇〇倍。ビルの窓から、真冬の枯野《かれの》と化した広大な公園を見おろし、茫然としている人々の姿が、容易に想像できる。

「PCを見ると、ネットにはもうずいぶんたくさんの情報が流れてるわね。九九・九パーセントはクズだけど、人為的なテロだという点だけは一致してるわ」

「テロだとして、犯人については何かいってますか？」

涼子の視線がPCの画面をなでる。

「イスラム教の原理派……ほんと独創性がないわね。カルト教団の残党に、北の某国の工作員……おなじく。プロ野球一リーグ制反対派……こっちは独創性がありゃいいってもんじゃないわ」

いかにも良識派みたいな台詞《せりふ》である。

「ああ、アメリカの秘密兵器だって説もあるわね」

「それはないでしょう」

「どうして？」

「もしそうだったら、とっくにアメリカ軍が出動して、新宿御苑を封鎖してますよ。日本の警察なんかに手出しさせるわけないでしょう」

「あら、巨大組織は最初は下請けに仕事させるものよ。安全を確保してから、親会社が出てくるの」

哀《かな》しい会話である。独立国の官憲《かんけん》どうしの会話とは思えない。

私はふたたび窓を見やった。たいして幅の広くない道路をへだてて、新宿御苑の高い鉄柵が見える。その向こうには不毛の荒野がひろがっているはずだ。寒々しい風景だった。

それにしても、テロ対策といえば、どんな規制でも監視でも強要でも認められるご時世だ。空港で靴をぬがされても、駅のゴミ箱を使えなくされても、アメリカ大使館前の道路を通行禁止にされても、誰も文句はいわない。官憲はどんどん増長《ぞうちょう》している。官憲のひとりである私でさえ、心配になってくる。

「『安全』という通貨《おカネ》で、いまや日本人はプライバシーも社会的権利も、ためらいなく売り渡すわ。つまり、ＪＡＣＥＳにとっては、ますます商売がやりやすくなる、ありがたいご時世ってわけ」

皮肉だか本心だか、うそぶきながら涼子がアイリッシュコーヒーに口をつける。ふたりのメイドはＰＣを操作しながら、めずらしそうにアイスコーヒーのストローをくわえている。まあパリにはない味ではあろう。

「で、これからどうします？」

つい、さぐるような口調になった。私はうたがっているのだ。ことさら涼子がこの喫茶店を借り切った理由、秘蔵《ひぞう》っ子のメイドふたりをここへ呼んだ動機。いつものことながら、何かたくらんでいるにちがいない。

「コーヒー飲んだら、ひきあげましょ」

美しい魔女は笑顔をつくった。私が口を開くより早く、恐怖の宣告を下す。

「君には夕方から特別任務があるのよ」

III

ふたりのメイドと別れて、警視庁にもどっても、事態にさしたる進展はなかった。多少はあるのかもしれないが、公安部の動きは刑事部にはまったくつたわってこない。ＴＶニュースを見て公安部の動きを推測するのは、刑事部にとって、めずらしいことではない。

「どうだったね、泉田君」

新聞を手にした丸岡警部に声をかけられた。私は肩をすくめてみせた。

「一歩も御苑内《なか》に入れてもらえませんでしたよ。公安部は何から何まで自分たちでしきるつもりのようです」

「そうか、いまさらおどろきやせんが、何か成算があってのことなのかねえ」

「死体でもあれば、捜査一課が出ていく口実ができるんですがね」

いささか不謹慎な会話ではある。だが、公安部の横暴と秘密主義に対しては、とても好意的になれない。

「おふたりとも、お茶をどうぞ」

声をかけてきたのは貝塚《かいづか》さとみ巡査だ。盆に茶碗を並べて運んできた。短大を卒業して間もない、まだ少女っぽい女性だが、香港《ホンコン》フリークで広東《カントン》語とＰＣに通じており、なかなか役に立つ娘《こ》だ。

「あ、いいのかい」

「どうぞどうぞ、ついでですから」

ボスである薬師寺涼子をのぞけば、刑事部参事官室ではお茶はセルフサービスと決まっている。ただ、自主的に同僚に親切をほどこすのは、各人の自由だ。

ありがたく厚意を受けて、丸岡警部と私は茶碗を手にした。今後、上層部は捜査をどう進めるつもりだろう、という話がつづく。

「まだ何も決まってないと思うがなあ。当面、都民のパニックを防止するのが先決だろう。いずれ政府のお偉いさんが記者会見するんじゃないか」

「貝塚くん、インターネットのほうはどうなってる？」

私が問うと、貝塚さとみは自分のお茶をひと口すすった。

「ネットはすごいですよう。もう未確認情報、流言蜚語《りゅうげんひご》、ウワサ、中傷《ちゅうしょう》の嵐です。見てるだけで頭が痛くなってきますけど、どれがホントなんでしょうねえ」

「どうせ全部ウソだろうよ」

と、丸岡警部はネット社会に手きびしい。

「責任をとる気のないやつらが、匿名《とくめい》で好きかってな噂をたれ流してるだけだからなあ」

「でも、内部告発みたいなことだってあるわけだから、一概《いちがい》にはいえませんよお」

貝塚さとみが反論する。

もうすこし議論を拝聴《はいちょう》して、何らかの参考にしたいところだったが、ジャマがはいった。薬師寺涼子警視どのに呼びつけられたのだ。私はしぶしぶ彼女のデスクまで足を運んだ。

「いったい何のご用ですか」

「何なの、その態度は。上司といえば神も同然でしょ」

「あなたはご自分の神に、いつもどういう態度をとってるんです？」

「だって、あいつ、貧乏神なんだもの。刑事部に来てからロクなことがないしさ。あたしの運気《うんき》を、部長が吸いとってるとしか思えないのよね」

「逆じゃないんですか。部長このごろ老《ふ》けこんだように見えますけど。まるで妖怪に生気を吸いとられたみたいに」

美しくて邪悪な二一世紀の妖怪は、自分の上司である刑事部長に、一ミリグラムの同情もしめさない。冷たく笑いすてた。

「だらしないこと。修行がたりないのねえ」

「ええと、それで、御用のオモムキは？」

たぶん夕方からの特別任務というやつだろう。

「今日の夕方、ホタルを見にいくのよ」

「ホタルって、まだ五月ですよ」

「五月になればホタルも蚊《か》も出てくるわよ。東京は亜熱帯なんだからさ」

「東京のどこに出るんです」

「玉泉園《ぎょくせんえん》」

「ははあ、あそこですか」

玉泉園は東京で有数のホタル見物の名所だ。池袋《いけぶくろ》の近く、といっても歩けば一時間ほどかかる場所にあって、たしかもとは明治維新の元勲《げんくん》とやらの別邸だったはずである。

「侯爵・別宮忠衛《べつみやただえ》の別邸よ。本邸は赤坂《あかさか》にあったからね。正妻の目を逃《のが》れて、別邸をハレムにしてたんだって」

もちろん現在はそうではない。敷地二万四〇〇〇坪の豪邸はどこかの大企業に買いとられ、結婚式やパーティーの会場として貸し出されている。毎年五月二〇日から八月三一日までつづく「ホタルの宵《よい》」も、玉泉園の名物行事だ。「玉泉」とは宝石のように美しい泉のことだが、その名にふさわしい湧水池《ゆうすいち》があって、そこにホタルを放すのである。

「いいんですか、新宿御苑の件は放っておいて」

「メンドウなことは公安部にやらせておきましょ。やりたがってるんだからさ。どうせ手に負《お》えなくなって、迷宮に放りこむに決まってるけど、そうなるまではこちらが手助けしてやる必要もないしね」

というわけで、午後五時の鐘がまず最初に鳴ったとたん、刑事部参事官どのは退庁した。不幸なオトモを一名引きつれて。丸岡警部が気の毒そうに、貝塚巡査が興味深げに、それぞれ見送ってくれたが、どちらも代わってはくれなかった。

玉泉園に着いたのは五時三〇分。涼子がいったように別宮侯爵の別邸跡である。連絡を受けたのだろう、マリアンヌとリュシエンヌがすでに待機していた。

別宮忠衛とはえらそうな名だが、これは明治維新後にもっともらしく改名したのだという。それまでは、武士とはそれこそ名ばかりの軽輩《けいはい》で、日々の食事さえままならぬ身だった。幕末の風雲に乗《じょう》じて大活躍、というと聞こえはいいが、暗殺や放火をふくむテロ活動で、ずいぶん手を汚したらしい。友人や恩人を裏切って非業《ひごう》の死に追いやり、武器商人や炭鉱主と結託して汚職や横領をかさね、巨億の富をきずいたという。

ところが、それでも、別宮忠衛は不平満々だった。

政治家としては、内務大臣や陸軍大臣にはなれても総理大臣にはなれなかった。軍人としては、陸軍大将にはなれても元帥《げんすい》にはなれなかった。華族《かぞく》としては、侯爵にはなれても公爵にはなれなかった。人望と信用のないのが災《わざわ》いしたのだ。

かくして別宮侯爵は世を呪《のろ》い、天を怨《うら》み、人を憎んで、七〇歳にして憤死《ふんし》した。医学的にいうと、「高度のストレスによる高血圧性心不全および不整脈」なんだそうである。もっとも、ある意味では当然のことだが、

「呪われるのは別宮侯爵のほうだ。あいつひとりのために、いったい何万人が不幸になったことか」

といわれたものだとか。

悪名高い人物ながら、庭園づくりには一家言《いっかげん》あった男で、その別邸が今日まで名園として残っているわけだ。死後に何が残るかわからないものだ、と思いながら、門から庭園の方角へ足を向けようとすると、上司がトガメダテした。

「ちょっと、そのカッコウでホタル狩りにいくつもりなの？」

「変なカッコウはしてないつもりですが」

「変だとはいわないわよ。スーツを着てホタル狩りなんてヤボだといってるの」

「ではどういうカッコウをしろと」

「ホタル狩りは浴衣《ゆかた》に決まってるでしょ。さっさと着替えなさい」

「浴衣なんて持ってませんよ」

用意してないのではなく、最初から持ってないのだ。と、涼子は私に何か差し出した。番号を打った楕円《だえん》形の札だ。

「これを持って本館のフロントへおいき」

短く命じ、自分はふたりのメイドをしたがえて、どこかへ消えてしまった。

しかたなく、私はフロントにいった。札を受けとった、主任らしい年配の従業員が、「薬師寺さまより、たしかにあずからせていただいております」と、やたらと鄭《てい》重《ちょう》に応じた。

大きな紙袋を渡され、更衣室へ案内される。紙袋には浴衣がはいっているという。いったいどんな浴衣を着せられるのやら。深紅《しんく》のゴジラ模様か、紫色のガメラ模様か。何しろ涼子の見立てときている。

浴衣をひろげてみて、私は安堵《あんど》の溜息をついた。藍染《あいぞ》めに、白く図案化したトンボ。男物としては無難なものだ。駒下駄《こまげた》、団扇《うちわ》、布製の貴重品袋までそろっている。これなら着ても他人から笑われることはない。あとは着こなしだけだな。そう思いつつ、ネクタイをゆるめようとして、私の手がとまった。ちょっと待て、普通のだろうが奇抜《きばつ》なのだろうが、何だって警視庁の犯罪捜査官が浴衣を着こんで上司のホタル狩りにつきあわねばならんのだ。

疑問は疑問、行動は行動。すっかり汚れたオトナになってしまった私は、浴衣に着替えて、スーツをロッカーに放りこんだ。警察手帳や財布は、ロッカーのキーといっしょに貴重品袋にいれて手首にさげる。駒下駄をはいて、団扇を手にする。

更衣室を出ると、似たような姿の男性客が何十人もいて、壁面の大きな鏡に全身を映《うつ》していた。襟元《えりもと》をなおしたり、帯の位置をたしかめたり、掌《てのひら》で髪をととのえたりしている。彼らはすくなくとも自分の意思でここに来ているのだろう。

フロントに涼子がいた。浴衣に着替えた彼女を見たとたんに、私は立ちどまってしまった。

水色の地に、青や白や紫のアジサイ模様があしらわれている。女性用の浴衣としては、ごくオーソドックスなもので、素足に駒下駄という姿もこの場ではありふれているのだが、とてつもなく粋《いき》で美しく見えた。だからこそすぐ居場所がわかったのだ。カップルで来ている男客が例外なく涼子に見とれ、同伴者《つれ》の不興を買っている。そして大輪の紅バラの左右には、可憐《かれん》なカスミソウが寄りそっているのだった。

マリアンヌとリュシエンヌとは、よく似た浴衣を着ていた。模様はおなじで、地の色がちがうのだ。マリアンヌの浴衣の地は白で、リュシエンヌは水色。模様はともに、朝顔と風鈴《ふうりん》と金魚を配したもので、何ともキュートである。

正体を知っているくせに、つい見とれていると、上司が団扇でかるく私の肩をたたいた。

「だまって見てないで、何とかいったら？」

「とてもお似合《にあい》です」

容姿に関するかぎり、上司に対して、心にもないオベッカを使う必要はない。誠意をこめて答えたつもりだが、充分ではなかったようだ。

「それだけ？」

気むずかしげにいうと、やたらに団扇を動かしながら歩き出した。ふたりのメイドがつづき、私もかるく肩をすくめて後を追う。

IV

ホタルは英語でファイアーフライという。直訳すると「燃えるハエ」という意味になる。私は英文学科の卒業生だが、ときどき英語表現の身もフタもないところがイヤになるときもあるのだ。

だが、イギリス人やアメリカ人はいざしらず、日本人にとってホタルは『万葉集』以来、夏の風物詩にちがいない。熱帯にはずいぶん多くの種類のホタルがいるそうだが、日本で光を出すホタルは五種類だけだとか。玉泉園では、全国五ヵ所にホタル養殖場を所有し、そこで育てたホタルを集めて庭園に放すのだと、涼子が教えてくれた。

庭園といえば、ここから四キロしか離れていない新宿御苑はどうなっているだろう。

すくなくとも、この広大な庭園をそぞろ歩く老若《ろうにゃく》男女は、新宿御苑から化学兵器の煙がただよってくるという恐れを抱いてはいないらしい。ナゴヤカに歩きまわっている。

あちらこちらにホタルの光が青白く舞っていた。

塔のような建物が見えた。この庭園でもっとも高い建物「双日閣《そうじつかく》」だ。法隆寺《ほうりゆうじ》の五重の塔と、ピサの斜塔とをたして二で割ったような、奇妙な木造建築である。円筒形の五階建てで、各階ごとに輪状の庇《ひさし》がついている。関東大震災でもこわれなかったというが、現在は立入禁止になっている。

涼子がつぶやいた。

「別宮ってやつ、ほんと、何を考えてたのかしら」

「といいますと？」

「双日閣って、どういう意味だと思う？」

「朝日と夕日、両方がよく見えるって意味じゃないんですか」

案内パンフレットにそう記してあったのだが、涼子には異《こと》なる意見があるようだ。

「太陽はひとつしかない。だからいうでしょ、『天に二日《にじつ》なし』って」

そういわれて思い出した。

「たしか、こうつづくんでしたね。『地に二帝《にてい》なし』って」

「そ、だから双日というのは国家の解体、王朝の分裂を意味してるの。不吉不祥《ふしょう》のきわみよね。まともな人間なら、そんな名を建物や会社につけるわけないのに」

「知らなかったんでしょう」

私自身、知らなかったから、あまり別宮侯爵を非難する気になれない。

「無教養ってアワレよね。もっとも、別宮のことだから、世を呪って、わざわざ不吉な名をつけたのかもしれないけど」

「日本よ滅びてしまえ、というわけですか。でも、こんなお屋敷を、しかも別邸としてかまえるだけの身分になったら充分じゃないですか」

「別宮は充分じゃなかったのよ」

「欲の深い男ですね」

欲だけでなく業《ごう》も深かったのだろう。そのような人物と同時代に存在せずにすんだのは、ささやかなシアワセである。別宮侯爵の死後、「こんな名前の建物はけしからん」というので何度も取りこわされそうになったが、そのたびに工事の責任者が急死したり、政変が起こったりしたので、気味悪くなって誰も手を出さなくなった。関東大震災にも東京大空襲にもしぶとく生きのびて今日に至る、ということだ。

ホタルの群舞《ぐんぶ》する池を左手に見ながら遊歩道を進む。浴衣ではすこし寒いかと思っていたが、ちょうどよい涼しさだ。五月の夕方でこうだと、夏はたぶん熱帯夜の連続ということになるだろう。

ふと気づくと、右手には露店《ろてん》が並んでいる。オレンジ色の照明が、日本人の郷愁をさそう風情《ふぜい》だ。

涼子が私の袖を引っぱった。

「ワタアメ売ってる」

「売ってますね」

私の返答がお気に召さなかったらしく、涼子は声を強めてくり返した。

「ワタアメ売ってる！」

不敏《ふびん》なる私も、上司の真意をさとらざるをえない。「はいはい」とつぶやいて、ワタアメ屋に歩み寄った。普通の夜店で売っている値段の三倍を支払う。ワタアメまでプレミアムつきらしい。三人分を買ってもどった。

「はい、どうぞ」

「泉田クンの分は？」

「私はいりません」

「後でほしがっても、わけてあげないよ」

「いりませんってば」

「フン、つまらないやつ」

「どうもすみません」

あやまってから、私は気づいた。ワタアメを上司におごらされたあげく、毒づかれてあやまっている私は、いったい何なのだろう。まあ、ふたりのメイドが「メルシー」といってくれたから、よしとしよう。いちいち気に病《や》んでいては神経が保《も》たない。

さて、ワタアメを食べながら歩く浴衣姿の成人女性は、どのような話をするものだろうか。薬師寺涼子の場合はこうである。

「新宿御苑のあれ、化学兵器とはかぎらないよね」

「化学兵器でなければ何でしょう」

「生物兵器よ」

「やっぱり兵器ですか。で、何者が？」

「地底人」

即答《そくとう》されて、私は絶句する。後で思えば、この不マジメな答えには、ずいぶん多くの寓意《ぐうい》がふくまれていたのではあるが。

「地底人が魔獣テラドトロンをあやつって、植物をぜんぶ枯らしちゃったのよ。たしか第一四話に出てきたわ」

涼子には奇妙な趣味がいくつもあるが、なかのひとつが、「怪奇・一二日の木曜日」というTV番組である。地上征服をねらう地底人が、主要登場人物四人のひとりに化けているという、世にもくだらない怪奇ミステリーだ。制作者や脚本家の顔を見てやりたい。

「あれはもうとっくに放映が終了していると思いましたが」

「今度、パート2のDVDが出るのよ、全巻箱入《ボックス》りで」

DVD販売業者も、商品を選んで出せばいいのに。

涼子と私は並んで歩く。後ろからリュシエンヌとマリアンヌがついて来る。ふたりの美少女メイドにとっては、浴衣を着るのもホタル狩りもはじめての経験だ。めずらしくもあり、愉《たの》しそうでもあって、ときおり私の背中に彼女たちの笑声がはじける。

ホタルを見物に来たはずの男性客たちが、涼子やメイドたちに、賛歎《さんたん》の視線を向ける。おのずとそれは私に対する敵意の針となって、ちくちく私を刺すのだった。

ひとりの男が、私を敵意の針で刺しながら通りすぎた。私と同世代で、青白く膨《ふく》れた男だ。左右に水商売っぽい女性をしたがえていたが、なぜか彼の顔が私の記憶にひっかかる。

「どこかで見た顔ですね」

「この前の選挙に出馬してたでしょ」

「候補者ですか……ああ」

「思い出した？」

「ええ、都知事の息子でしたね」

「そう、例のドラ息子よ」

父親は現在の都知事、兄はこれまた現在の文部科学大臣という超エリート一家の次男坊である。ご本人も大手の広告代理店に勤務していたのを退職して、前回の総選挙に立候補したのだが、めでたく落選した。何しろ選挙演説の第一声が、「ボクのパパは都知事です」だったのだから、スタッフも聴衆もいっせいにコケてしまい、その後とうとう失地《しっち》を回復できなかったのだ。

かわいい息子の挫折《ざせつ》に怒りくるった都知事は、「あの選挙区は民度が低い」と暴言を吐いてヒトモンチャクおこすというオマケまでついた。おかげで息子は二度とおなじ選挙区から立候補できなくなってしまった。

「どんなに失意の状態でも、瘦《や》せないやつっているのよねえ」

「あの息子、いったい何ていう名前でしたっけ」

「さあ、リチャードとかルードヴィヒとか、そういうのじゃなかったわね」

名前をおぼえてもらえず、「知事の息子」としか呼んでもらえないのだから、考えてみれば気の毒な話である。落選しても、もとの会社に復帰するわけにもいかず、いまどんな職業に就《つ》いているのだろう。

「父親の秘書でもやってるんじゃないの。どうせ食うにこまらない身分なんだから、泉田クンが心配してあげる必要ないわよ」

心配しているわけではない、俗っぽい好奇心を抱いただけだ。だが、たしかに必要のないことなので、私は視線を動かした。肥満体の青年を見ているより、乱舞するホタルを観賞するほうが、はるかに健全で有意義である。

広大な庭園に放たれたホタルは、じつに二万匹におよぶという。庭園灯も三分ノ二は消されて、宵闇《よいやみ》のなかに青白い光点が群舞する。ときおり子どものかんだかい声がひびくのが興ざめだが、幻想美の一刻は値千金《あたいせんきん》だった。

「警視、どうもありがとうございます」

「あら、やっと思い出したのね。あたしのおかげだってこと。ま、スナオでよろしい」

たしかに私はスナオな気持ちで礼を述べたのだが、どうも早すぎる謝辞《しゃじ》だったようだ。

突然。

奇怪な音響が、夜を撃ちくだいた。

それが人の声であるとわかるまで、一秒かかった。それも恐怖と苦痛の悲鳴だ。

周囲の人々は凍結し、それが溶《と》けると、不安と困惑のざわめきを発した。何だ、いまの悲鳴は？　誰だ、どうしたんだ？

涼子は庭園の奥に鋭い視線を投げつけた。梅林の一角だ。悲鳴のおこった方角を、一瞬で彼女は把握《はあく》したのであった。

涼子の繊手《せんしゅ》がひるがえった。ワタアメの棒を手近のクズカゴに放りこむと、浴衣の裾《すそ》を大きくからげる。長いみごとな脚をむき出しにすると、周囲の男たちが目のくらんだような表情になった。アラレもないとはこのことだが、涼子は歯牙《しが》にもかけない。

「いくよ！」

「こころえた」

と、つい時代がかった返答をしたくなった。アラレはなくとも華《はな》はありすぎるほど。

駒下駄の音も高らかに、ドラよけお涼と三人のオトモは夜の日本庭園を走り出す。

第二章　螢《ほたる》の光、窓辺の血

I

花の季節を一〇〇日もすぎた梅林のなかに駆けこんで、とっさに私は立ちつくした。

私は何を見たのだろう。

人間の形をした青白い光のかたまり。いや、青白く光りかがやく人間。それが両腕を振りまわし、跳《と》びはね、踊りまわっている。

異様な音がした。口の部分が開いて、

「タスケテ」

と叫んだようだが、はっきりしない。光のかたまりの一部が動いて、口の中へ侵入していった。声がとぎれ、奇怪な踊りに激しい痙攣《けいれん》が加わる。

ホタルが人間にむらがり、攻撃している！

これ以上、観察している場合ではなかった。私は突進し、手をふるってホタルを払い落とした。光点が飛散すると、後には人体というより黒々とした血のかたまりが残された。

左腕に痛みが走った。小さいが鋭い痛み。針で刺されたような感覚だ。私は右手でホタルをたたき落とした。私の両側で、リュシエンヌとマリアンヌが団扇《うちわ》をふるい、むらがるホタルを払いのけ、たたき落とす。ホタルに対する思い入れがすくない分、容赦《ようしゃ》もためらいもない。彼女たちにとっては、単に光る害虫だろう。

庭園の各処に目立たないよう設置してあるスピーカーから、声が流れ出した。

「ホタルは観《み》るだけにしてください！　さわったりつかまえたりするのは、ご遠慮ください。お客さまがたのマナーとエチケットに期待させていただきます……」

むなしい良識の叫びは、悲鳴や怒号にかき消された。青白い光点がむらがるところ、皮膚を刺され、肉をかみ裂かれる人間の声が交錯し、ぶつかりあう。

「痛い、痛い！」

「助けて、ママ！」

「やめろ、おい、何だこれは!?　私を誰だと思ってるんだ!」

「支配人を呼べ、何とかしろ!」

青白い光につつまれた人影が、走りまわったあげく、屋台に衝突する。屋台が音をたててひっくりかえり、タコ焼きが宙を舞い、焼きソバが地に散乱した。池で水音がした。ホタルに追われた人が、逃げ場をうしなって飛びこんだのだ。

「ホタル狩りがホタル狩られになったわね」

大きくからげた浴衣《ゆかた》の裾から絶代《ぜつだい》の美脚を丸出しにしたまま、涼子が自嘲した。周囲の男たちを一喝する。

「警察をお呼び!　たいして役に立たないでしょうけど、呼ばないよりマシでしょ。さっさとおし!」

ホタル狩りに携帯電話を持参するブスイなやつが何人かいたらしい。あわてて涼子の指示にしたがったが、その間にも人食いボタルにむらがられ、悲鳴を放って手を振りまわす。勢いあまって携帯電話を放り出す者もいる。全身ホタルにむらがられ、地面をころげまわったあげく池に転落する者がいる。幼児が泣き叫び、それをかばう親の頸《くび》すじをホタルがおそう。

「建物のなかに逃げこめ!」

私はどなり、何人かの男女を本館の方角へ押しやった。突きとばしたこともある。まつわりつくホタルを払いのけながらだ。そして何人めのことか、都知事のドラ息子にしがみつかれたのである。苦痛に泣きわめいているが、最初、事情がよくわからなかった。

涼子が舌打ちしながら指さすので、彼を後ろ向きにさせてみると、浴衣の尻のあたりに赤い染《し》みがいくつもついている。それを見てもすぐにはのみこめなかった。つれの女性が悲鳴まじりに説明して、やっとわかった。

知事閣下のご子息は、つれの女性と庭園で教育上よろしくない行為におよぼうとして、浴衣の裾をまくりあげ、パンツをおろした。そこを人食いボタルにおそわれ、無防備な尻の肉をさんざん嚙《か》みちぎられたというわけだ。

「ひーっ、ひーっ、ぼくは知事の息子だぞ。ぼくをたいせつにあつかえ。でないとパパにいいつけるぞ！」

泣きわめくご子息の頭を、涼子が一発はたいた。白手《すで》ではなく、ゲタで。かわいた音がして、ご子息は白眼をむくと、ころんと地面にひっくりかえった。私はあせった。

「ゲタでなぐっちゃまずいですよ、いくら何でもゲタでは」

「苦痛と恐怖から解放してあげたのよ。感謝状をもらいたいくらいだわ。リュシエンヌ、マリアンヌ！」

ふたりのメイドを呼んで、涼子はフランス語で何やら命じた。何を命じたかは、すぐにわかった。リュシエンヌがデジタルカメラをかまえ、白眼をむいたご子息の姿を写しはじめたのだ。マリアンヌが自分と親友に寄ってくるホタルを追い払う。その間にリュシエンヌは全身写真にはじまり、ご子息の顔や身体の各部分を、手早く、冷静に撮影していく。

「何でリュシエンヌにそんなことをさせるんですか!?」

「あら、もちろん事件の解決に役立てるためよ。それ以外にどんな目的があるの？」

あるのだ。将来、脅迫の種《たね》に使うという目的が。証拠はないが、いくらでも前例がある。第一、リュシエンヌはなぜデジタルカメラなど用意していたのか。人食いボタルの登場を予知していたはずはないから、ホタル狩りに参加する有名人をねらっていたに決まっている。

悶絶《もんぜつ》した都知事の息子が、将来の人生に大きな傷をおわされている間に、サイレンの音が近づいてきた。点滅しながら、赤い光が玉泉園の敷地内に進入してくる。パトカーと救急車が、あいついで駆けつけてきたのだ。

地上近くで人間たちにむらがっていた光の雲が、いきなり舞いあがり、四散《しさん》した。にわかに信じられないほど統制された行動だった。闇に消え去ろうとする加害者の大群を、思わず私は指さして上司に告げた。

「ホタルが逃げますよ」

「放っておき。追いかけようがないでしょ」

そのとおりである。

「あたしたちも本館にいって、ひと息いれよう。あ、バカ息子は放っといていいわよ。凍死するような気候でもなし」

涼子がマリアンヌとリュシエンヌにフランス語で何か指示する。彼女たちが「ウィ、ミレディ」と答えると、涼子は私をうながして本館へ向かった。

到着すると、あらためて私は本館の内部を見まわした。さすがにこれは明治時代に建てられたものではない。別宮侯爵の孫娘の夫とやらが昭和初期に建てたもので、いわゆる大正ロマンの残り香《が》がただよう洋館である。第二次世界大戦のときにも空襲をまぬがれ、敗戦後すぐアメリカ陸軍の何とかいう大佐が乗りこんできて、公邸がわりに使用していた。その何とか大佐は諜報《ちょうほう》工作のボスだったので、広い地下室に共産主義者や労働運動家を拉致《らち》してきて拷問《ごうもん》や洗脳をおこなっていたそうだ。史実らしくもあり、都市伝説のようでもある。古い洋館に怪談はつきものだ。

ロビーの各処に負傷した男女が、あるいはうずくまり、あるいは横たわっている。苦痛のうめき。従業員に対する抗議の声。子どもの泣き叫ぶ声。白衣の救急救命士たちが、ストレッチャーを押しながら駆けこんでくる。

私たちは浴衣の埃《ほこり》をはらい、傷をたしかめた。

涼子とメイドたちは無傷。私は両腕を一ヵ所ずつ噛《か》み切られた。出血したが、とくに腫《は》れあがるようなこともないので、毒性はないようだ。

救急隊は重傷者の緊急手当てと搬送《はんそう》にテンテコマイなので、私はフロントで救急キットを借りることにした。借りてもどってくると、涼子が私の腕をつかむ。

「ほら、腕を出しなさい。リュシエンヌとマリアンヌに手当てさせるから。臣下がホタルに噛まれてケガしたなんて、あたしの面子《メンツ》がたたない」

魔女王につかえるふたりの天使が、手早く私の腕をとり、浴衣の袖《そで》をまくると、アルコールで消毒し、抗ヒスタミン系の薬を塗り、ガーゼをあて、包帯を巻く。一分もかからなかった。

「余分な救急キットがあったら提供してください」

ヘルメットに白衣の救命士がそう呼びかけながら近づいてきたので、手をあげて応《こた》

える。救命士は礼を述べて受けとったが、ためらいがちに問いかけた。

「失礼ですが、あなたがたは？」

「警察の者です」

「はあ……」

いぶかしげに、救命士は涼子の浴衣姿を、さらには彼女の脚をながめやった。

「ご存じないの？　あたらしい夏の制服よ。警察もこのごろ何かと評判が悪いし、世間にコビて裏金《ウラガネ》疑惑をウヤムヤにしようというわけですの、オホホホホ」

救命士は目に見えて困惑したが、同僚から声をかけられたのを奇貨《きか》として、あわただしく立ち去った。入れかわるように、タキシード姿の支配人があらわれ、涼子に向かって低頭《ていとう》する。

「薬師寺さま、どうも今夜はとんだご迷惑をおかけいたしまして」

「いいのよ、それより来客のリストある？」

「はい、皆さまご予約のお客さまですので」

「持ってきて」

「は、はい、ただちに」

待つほどの間もなく、支配人は部外秘のはずの書類を持って小走りにもどってきた。

礼をのべて彼を帰すと、涼子は浴衣の裾をからげたまま、みごとな脚を組んでソファーに陣どった。一枚目、二枚目とリストの人名を視線で追う。

「あら、都知事の息子が載《の》ってないじゃないの」

「『都知事の息子』とは書いてありませんよ。実名でしょう」

「あ、そうか。ナマイキな。固有名詞なんか必要のないキャラクターのくせして」

涼子は暴言を吐いたが、選挙のときには実際「知事の息子」と書かれた票が一〇〇〇票ぐらいあったのだ。対立候補は皮肉たっぷり、「私は名もない庶民の子です」とうったえ、大差で当選をはたしたのである。

II

ロビーに警官の姿があふれはじめた。たとえ私服でも同類だということはわかる。

「泉田サンよお」

かすかに悪意をこめた声がした。用心しながら声のしたほうを向くと、中年の男が立っている。ありふれたグレーのスーツに、ありふれた容貌だが、どこか暑苦しい印象を受ける。私の知人だった。知人であって友人とはいえない。池袋南署刑事課の平《ひら》松《まつ》警部で、かつておなじ職場だったことがある。

「おひさしぶりです、警部」

「ああ、ずいぶんお見限りだったよな。お前さんは本庁勤務のエリート、こっちはしがない所轄署《ショカツ》の刑事課だ。対等に口をきいてもらえる身分じゃないやな」

エリートといわれてしまった。私はなるべく涼子を見ないようにしながら、ソファーから離れた。もちろん平松警部もついてくる。

「宮づかえの苦労は、どこでもおなじですよ」

「そうは見えんな。いい浴衣を着てるじゃないか。うん、いい浴衣だ。おれなんか結婚以来、浴衣を買いかえたことがない。ありゃまだ二〇世紀のことだったが、ところで、お前さん何でこんなところにいるんだ？」

「上司のおトモをおおせつかったんですよ。そうしたら偶然、この騒ぎに巻きこまれたってわけです」

「上司ってのはアレだろ、ほら、ドラネコお涼とかいう雌猫《めす》」

「…………」

私の肩ごしに、平松警部は視線を送った。とげとげしさと好色さのないまざった視線だ。誰を見ているのか、振り向く必要もない。

　私は可能なかぎりおだやかに応じた。

「本人の前でいえないようなことは、口になさらないほうがいいですよ。私も聞きたくありません」

「何だよ、上司に対する忠義立てか」

「社会人としてのマナーです」

　けっ、と、平松警部は咽喉《のど》で笑った。これまで私は、この人物をとくに軽蔑する理由を持たなかった。だが、捜査官として堂々と質問をするわけでもなく、どうやら私を怒らせて失言を引き出そうとするそのやりくちに、はっきりと反感を抱いた。

　平松警部は一瞬たじろいだように見えた。同時に駒下駄の音がひびき、私の肩口から涼子の鋭い視線が平松警部に射こまれるのがわかった。

「いいたいことがあるみたいね。だったら、あたしにおっしゃい、泉田クンにじゃなく」

「いや、その、わたしゃ警察の人間として職務《つとめ》をはたしてるだけですよ、警視どの。どうせ本庁においしいところはとられてしまいますがね。くやし涙の所轄署《ショカツ》エレジーってやつで……」

平松警部は口もとにつくり笑いを貼《は》りつけた。

「どうか気になさらんでください。単に捜査の手順ですから」

「そんな手順じゃ、地上の哺乳《ほにゅう》類が絶滅したって真相にたどりつけるわけないわね」

涼子のイヤミは地質学的にすぎたので、即物的な公務員である平松警部には通じにくかったらしい。いぶかしげな表情をつくったが、それがけわしく変化したのは、さすがにイヤミだということだけは理解できたからだろう。

相手の反応を無視して、涼子はさらに言葉のナイフを突きつけた。

「あたしたちを帰宅させる？　それとも、捜査に参加させる？　どちらかになさい。だらだらいつまでも引きとめられたんじゃ、この後の予定にさしつかえるわ」

平松警部は白く光る眼を涼子に向けたが、すぐ視線を落とした。ふてくされたような声を出す。

「帰っていただいてけっこうです」

「それがおたがいのためよね。じゃ、泉田クン、マリアンヌ、リュシエンヌ、帰ろう。ここにいたらおジャマですって」

涼子は駒下駄《こまげた》を鳴らして歩きはじめた。リュシエンヌとマリアンヌが女主人にしたがう。私は一瞬ためらったが、選択の余地はなかった。それでも、いちおう、組織人としての節度は保ちたい。

「失礼します、平松警部。何か私に協力できることがありましたら、ご連絡ください」

平松警部はそっぽを向いて返事をしない。だが私が歩き出すと、背後で、わざとらしい舌打ちの音が聞こえた。好戦的な上司を持つ身として、そのていどのことは甘受《かんじゅ》すべきだろう。

更衣室に向かう廊下の壁の一方は、ガラスばりになっており、夜空を背景に五層の塔が青白く浮かびあがっていた。

「泉田クン、近いうちにあの塔に上ってみよう」

「双日閣にですか」

「ま、今夜のところは、どうせ朝日も夕日も見えないしね。できるだけ早く出なおしましょう」

「かってに上っていいんですか。いちおう立入禁止ですよ」

「テロ捜査のためよ」

涼子の口調に冷笑がこもった。

「そういっておけば、自称先進国では、どんな無法も非道《ひどう》も許されるの。二一世紀って、すばらしい時代よね。ヒットラーやスターリンが、きっとうらやましがるわ」

　更衣室の前で左右に別れる際、私は涼子に質問した。

「出すぎたことをうかがいますが……」

「出すぎてるかどうか、あたしが判断するわ。で、何？」

「リュシエンヌとマリアンヌは、これからあなたと同居するんですか」

「もうしてるわよ、昨日から。何かモンクある？」

「ありません」

　じつは私はすこし安心したのだった。なぜだか自分でもよくわからないが、そのほうが安全だ。誰が何に対して安全なのか、という点については、あまり考えないことにした。

「さて、いま何時？」

「八時……そろそろ三〇分ですね」

「あーあ、せっかくの初夏の夜が台なしだわ。せめてどこかでおいしいもの食べて帰ろう。泉田クン、今夜はマリアンヌとリュシエンヌの歓迎会だから、この娘《こ》たちの好きな料理にするわよ。いいわね」

　ここに残って、私にできることが何かあるだろうか。捜査への参加を拒絶された以上、せいぜい目撃者兼軽傷者として待機させられるだけだ。住所・氏名・職業・電話番号などを捜査官に告げて、帰宅を認められる。拘束《こうそく》される時間が増えるだけで、こちらの素姓《すじょう》は知られているのだし、意味はない。

「はい、もちろんけっこうです」

そういった後で、まだつきあわされるのか、と気づいたが、涼子はさっさと歩き出していた……。

官舎に帰ってTVをつけると、深夜のニュースショーで玉泉園の惨劇が報道されていた。

死者五人、重軽傷者三八人。

それが青白い光に照らされた「ホタルの宵」の結末だった。

III

一夜明けて。

新宿御苑の怪事件も、人食いボタルの出現も、新聞のトップニュースにはならなかった。私が官舎のD　K《ダイニングキッチン》でトーストをくわえたままひろげた朝刊の一面トップは、つぎのようなおめでたい記事だった。

「やったぞニッポン大金星！

王者ブラジルを撃破！

列島興奮！　感動をありがとう！」

前日、つまり東京で怪事件があいついだ日のことだが、名古屋でサッカーの「五大《ごたい》陸杯《りくはい》」とやらが開催され、日本代表チームがブラジル代表を二対一で破ったのだ。スポーツの世界では壮大なる快挙にちがいないが、スポーツ新聞ならともかく、一般紙でトップニュースにすることもないだろう、と思ってしまう。日本のメディアは、国営放送協会《KHK》をはじめとして、とっくに報道機関ではなくイベント広報機関になってしまっている、というイヤミな指摘は、真実かもしれない。

私は腕に巻かれた包帯を見た。痛みというほどの痛みはない。高熱を出してのたうちまわるということもなく、人狼《ウエアウルフ》に変身することもなかった。

ネクタイをしめ、スーツを着こむと、そろそろ汗ばむ時季になっていることが感じられる。

地下鉄に乗って二〇分。警視庁に着く。エレベーターが満員だったので、刑事部参事官室まで階段を上った。

「おはようございまーす」

貝塚さとみ巡査の声に、阿部真理夫《あべまりお》巡査の声がかさなる。阿部巡査は若手プロレスラーという印象の大男で、つい先日まで捜査四課の応援にいっていた。

「もう参事官お見えになってますよ」

「え、そうか。えらく早いご出勤だな」

「昨晩《ゆうべ》はたいへんでしたねえ。ネットでも評判ですよお」

貝塚さとみはインターネットの世界に通暁《つうぎょう》している。ひとしきり私の労をねぎらってくれた末に、

「ホタルって毒なんですよお」

「え、そうなのか」

「イギリス出身のお医者さんが書いた本に、そう載《の》ってます。心臓に有害な成分が含まれてて、三匹以上食べると死んじゃうそうです」

私は苦笑した。

「何だ、刺されたり嚙まれたりすると死ぬんじゃないのか。食べたら死ぬっていったって、だいたいホタルを食べるやつなんかいないだろう」

「イナゴやハチノコなら食べますよ」

阿部巡査がいったが、自分自身の発言で想像力を刺激されたようだ。すこし気分が悪くなったようすで咽喉《のど》もとをなでた。外見よりずっとデリケートな人物なのだ。

「何だ、阿部君は虫が苦手《にがて》か」

「はあ、どうも足が多いのは苦手でして。ヘビなんかは平気なのですが……」

すると私とはまったく逆だ。

扉が開く音がして、個室から薬師寺涼子警視どのがトゲトゲしい視線を向けてきた。

「泉田クン、出勤したらすぐ上司のところに顔を出しなさい」

「は、失礼しました」

「ご苦労さま」

窓ぎわのデスクで、丸岡警部が手を振る。目礼《もくれい》して、私は何となくネクタイをなおしながら涼子の執務室にはいった。

ロココ調の部屋にあまり似つかわしくないものが、私の眼をうばった。下品とか汚ないとかいうものではないが、何ともそぐわない。涼子のデスクの上に載っているのは、漢和辞典であり、何冊かの『中国名詩全集』だった。

めんくらう私に、涼子が、ページを開いた一冊を突きつける。読め、というのだ。

そこには各行五文字、十行の詩が記されていた。

南山何其悲　南山《なんざん》　何ぞ其《そ》れ悲しきや
鬼雨灑空草　鬼雨《きう》　空草に灑《そそ》ぐ
長安夜半秋　長安《ちょうあん》　夜半の秋
風前幾人老　風前　幾人か老ゆ
低迷黄昏逕　低迷す　黄昏の逕《みち》
裊裊青櫟道　裊　裊《じょうじょう》たり　青櫟《せいれき》の道
月午樹無影　月午《ご》にして　樹に影無く
一山唯白暁　一山　唯《た》だ白暁《はくぎょう》
漆炬迎新人　漆炬《しっきょ》　新人を迎え
幽壙螢擾擾　幽壙《ゆうこう》　螢《ほたる》　擾　擾《じょうじょう》たり

私には漢詩を読解するだけの素養などない。だが、合計五十の漢字をながめるだけで、何やら頸《くび》すじに寒気をおぼえた。漢字という表意文字の持つ凄《すご》みであろうか。

「長安とか螢とかいう文字は、何とかわかります。長安というからには、時代は唐《とう》ですよね」

なさけないことに、そのていどしかわからない。さぞ軽蔑されるだろう、と思ったが、涼子は最初からムダな期待は持っていなかったようだ。

「作者は李賀《りが》、字《あざな》は長吉《ちょうきつ》。唐も終わりのころの詩人よ。『長安に男児有《あ》り、二十にして心已《すで》に朽《く》ちたり』という絶唱《ぜっしょう》で、文学史上に永遠に名を残す、といわれてるわ」

中国文学三〇〇〇年の歴史上、『鬼才《きさい》』と称されるのはただひとり、李賀だけなのだそうだ。「鬼」というのは中国では死者の霊のことだから、李賀は才能を賞賛されると同時に、作風が不吉だと見られていたわけである。

涼子が、訳詩を朗読した。

「南山はなぜこうも悲しげなのか
雨は死者の涙のごとく無人の草むらに降る
秋深い長安の真夜中
風が吹くと人々は死へ近づいていく
ぼんやりと薄暗い黄昏の小道
風にゆれる青いクヌギの並木
月は真上に移って樹に影はなく

やがて山全体が青白い暁《あかつき》の光を受ける
鬼火が死者の花嫁を迎え
奥深い墓穴にホタルが群れ飛ぶ」

紅唇《こうしん》を涼子が閉ざすと、沈黙が満ちた。

最初から不気味な詩だとは思っていたが、最後の二行に至って、私の全身の血管に氷水がそそぎこまれた。なるほど、李賀が鬼才であることは、私のような凡俗《ぼんぞく》の徒にも実感される。いや、逆だな。凡俗の徒にも実感させるからこそ、鬼才といえるのだろう。

「わかりました、ホタルは本来、不吉なイメージの虫だったんですね」

「詩聖・杜甫《とほ》にも、これと似たような詩があるの。ホタルが死体からわく、というような内容だけどね」

「ははあ……」

「もともとホタルは肉食性の虫だもの。といって、もちろん、生きた人間をおそうなんて話、聞いたこともなかったけど」

『中国名詩全集』の一冊を手に、涼子は椅子から立ちあがり、室内を歩きまわる。

私は彼女の脳細胞の回転をさまたげないよう黙っていたが、ノックの音がして、貝塚さとみ巡査が顔を出した。

「あのう、参事官、お客さまです」

「だれ？」

「刑事部長です。お通ししてよろしいでしょうか」

上司をお客さまというのも変だが、それはトガめず、涼子は壁ぎわの時計に視線を向けた。大理石づくりの三美神が、銀製の文字盤を頭上にささえている。

「ああ、一〇時に用があるっていってたっけ。いいわよ、お通しして」

「では私はこれで」

私は一礼して退室しようとしたが、女王陛下の許可がおりなかった。

「泉田クンはここにおいで。いちいち出たりはいったりする必要ないわよ」

私は多い日には一〇回以上も涼子の執務室に出入りする。いまさら何を、というところだが、上司の命令にはさからえず、壁ぎわにしりぞいた。

はいってきた部長は、私に気づいて何かいいかけた。だが涼子に、「どうぞお気になさらず」といわれ、しかたなさそうに用件を切り出す。

「じつは薬師寺君にちょっと苦情がきとるんだ」

「あら、何でしょう。想像もつきませんわ」

「つまり、君は、その、私的なスタッフを持っていて、それを捜査に使っているというじゃないか」

もちろんマリアンヌとリュシエンヌのことだ。まさか平松警部とは思えないが、涼子をこころよく思っていない何者かが密告したのだろう。

「あら、何の問題もございませんわ」

シガにもかけぬ態《てい》で、ほがらかに涼子は応じた。

「彼女たちは捜査協力者ですもの」

「捜査協力者……」

「ええ、しかも無料《タダ》でやってくれますのよ。タダで！　他の協力者みたいに、報酬《カネ》をくれ、なんて一言もいいませんの。ほんとに協力者のカガミですわよねえ」

刑事部長は沈黙した。こういう反撃をされるとは思ってもいなかったにちがいない。

捜査協力費というのは、警察の捜査に協力してくれた民間人に対して支払われる謝礼のことだ。多くは情報の提供者で、悪い表現を使えば、密告者とか警察のスパイということになる。もともと公金なのだから、いつ誰にいくら支払ったのか公開されるべきなのだが、

「そんなことをしたら捜査上の秘密にかかわるじゃないか」

という理由で、警察は絶対に公開しない。

りっぱな理由の裏には、うんざりするような真実がある。警察内部の人間なら誰でも知っていることだが、捜査協力費にあてられる予算の半分以上は、裏金《ウラガネ》として警察内部にたくわえられ、さまざまに費《つか》われる。何に費ったか、正確なことを外部に知られたら、各県の警察本部長は辞任に追いこまれるだろう。

涼子はすました表情《かお》で、刑事部長の痛いところを突いたのだ。予算のすべてが非公開の公安部にくらべればささやかなものだが、刑事部にだって多少の裏金は存在するのだから。

涼子はカサにかかった。

「つまりボランティアで捜査協力してくれてるんです。感謝状の五〇枚や一〇〇枚あげてもいいところなのに、トガメダテされるなんて！」

「い、いや、別にトガメダテしているわけではなくてだな、単に確認を……」

「人の好意をゆがんで受けとめるなんて、最低ですわッ！」

「う、うむ、最低だな」

部長はハンカチでやたらと顔をなでまわす。たしかに汗もかいてはいるが、表情を隠すという目的もあるらしい。いささか私は気の毒になった。涼子と一対一ならともかく、私のような下っぱの見ている前で小娘に粉砕されたのでは、高級官僚としての権威などあったものではない。

美貌の魔女はあでやかに冷笑した。

「さすがに部長は話がよくおわかりですわ。アタクシといたしましても、無用に誤解を招くようなことはつつしみたいと思っておりますの。警察当局に協力的な民間人を、部長は積極的に応援してくださいますのね。感謝感激ですわ」

刑事部長の手が、ハンカチをつかんだまま顔の上でとまってしまった。まさか失神《しっしん》したわけでもないだろうが、失神したい心境にちがいない。ヤブをつついたら、巨大な毒蛇が飛び出したのだ。今回の対話を涼子は最大限に悪用し、マリアンヌとリュシエンヌを私的な捜査活動に参加させる件について、刑事部長のオスミツキを得た、といいふらすに決まっている。

刑事部長は力なくうなずくと、何だか催眠術にでもかけられたような動作で踵《きびす》を返した。

Ⅳ

　刑事部長が帰っていくと、涼子は、女子中学生みたいにかるくアカンベエをして、右手の指二本で何かをつまみ、振りまく動作をしてみせた。どうやら塩をまくマネをしたらしい。それから私をかえりみた。

「泉田クン、TVつけて。都知事のバカ息子のアホ父親が、何か緊急会見するらしいから」

　ややこしい表現をしたが、要するに涼子は首相とおなじくらい都知事をきらっているのだった。

「お台場《だいば》にカジノをつくる」「アメリカ軍の横田《よこた》基地を返還させて国際空港にする」「銀行に特別課税する」と、公約だけはハデだったが、すべて失敗、あるいは口先だけ。成功したのはカラス退治だけというみじめなありさまなのだが、都民の支持率は高い。まじめな行政上の実績など、都民は求めていないのだろう。放言や暴言で都民をおもしろがらせていればよいと見える。ただ、父親の人気は息子に波及せず、前回の総選挙で落選するハメになったのだ。

「歴史に残る快挙！　ブラジルを撃破した昨夜の熱戦を再現します。試合前に日本代表が何を食べたか、そのメニューも視聴者の皆さんにお見せいたします。レシピも公開しますので、ご期待ください……！」

延々とサッカー関係のニュースがつづき、私は日本代表チームのゴールキーパーが昨日の夕食に国産牛の牛丼を食べた、という事実まで知ることになった。

そのニュースもようやく終わって、大阪で幼稚園が火事になったニュース、箱根《はこね》の有名な温泉旅館が倒産したニュースとつづき、ようやく都知事の緊急会見がはじまる。

画面に映《うつ》ったのは都知事だ。若づくりの老人で、イタリア製らしいスーツの襟にけばけばしい赤紫色のスカーフを巻いている。おちつかないようすで、激しくまばたきをくりかえしていた。

この世代にしては長身で、若いころはけっこう美青年だったそうだ。詩を書いたり映画監督をやったりもしたが、もともと私鉄やデパートを経営する大富豪のお坊ちゃんである。七〇歳をすぎるまで、一度も金銭にこまったことがなく、息子が落選するまで挫折《ざせつ》の経験がないという、けっこうなご身分だ。

「えーと、これは都庁じゃないわよね。どこかしら」

「知事公館だそうです」

「ああ、松濤《しようとう》か」

都知事は田園調布《でんえんちようふ》に豪邸をかまえ、赤坂に個人事務所を置いている。渋谷区松濤の知事公館は、都が主催するイベントに使われるだけだ。今回はまさしく都知事主演のイベントというわけで、かなりの数の報道陣が会見場となったサロンにあふれていた。

「たったいま、東京都知事として、ここにホタル撲滅宣言を発します」

せかせかした口調で都知事は告げた。最初はそれなりにていねいな言葉づかいだったのだが、かわいい息子の尻を嚙まれた怒りが募《つの》ってきたのだろう。一語ごとに興奮し、荒々しい態度になってくる。

「だいたいオレはいつもいってるんだ。外国人どもとカラスを追放すれば、東京は清潔になるし、治安だってよくなるってな！　今度はホタルだ！　ちょっとばかし光るからって、ホタルがそんなにえらいか。一匹のこらず追いはらってしまえ！」

三人の副知事が、左右にわかれてひかえている。姓だけで人選したはずはないのだが、松枝《まつがえ》、竹富《たけとみ》、梅島《うめじま》と、めでたく松竹梅がそろっている。

松枝は都庁ひとすじ三五年の官僚で、これまで公共事業局長や総務局長を歴任した身だ。竹富は知事が参議院議員だったころからの秘書で、暴力癖のある酒乱男。これまで酔っぱらってTV番組のレポーターを階段から突き落としたり、酒気おび運転で老婦人をはねたりしたが、知事の強力な庇護《ひご》により、すべて示談《じだん》で解決している。本来なら二、三度は刑務所にはいっているはずの男だ。

三人めの梅島というのが、警察のキャリア官僚から転進した人物である。治安や危機管理の専門家、ということになっているが、警視総監になれなかった恨《うら》みが行動原理になっている人物だ。何やかやと警視庁のやることに口をはさみ、二言めには「予算をへらすぞ」と恫喝《どうかつ》し、せっせと庁内に子分をつくっている。

当然のこと、この副知事を警視総監は毛ぎらいしているが、都知事をあからさまに敵にまわすわけにもいかず、怒気《どき》をつのらせている、ということを、私のような下っぱでも知っていた。

そういうわけで、実際にやっているのは、カラス退治にネズミ退治といったところだが、梅島副知事の勢力はたいしたものだった。

涼子が小首をかしげた。

「そういえば、カラスが集団で何かやってるという情報は、はいってる？」

「カラスですか」

私も小首をかしげた。新聞でもＴＶでも、カラスに関するニュースなど見かけていない。ネットについては、そのようなニュースがあれば貝塚さとみが報告してくれるはずだ。

「いまのところ、カラスが都内で日常以上の騒ぎをおこしているという情報はありませんね」

「やっぱりね」

「やっぱり、というと？」

私の問いに涼子は答えず、ＴＶ画面を見つめている。前にのべたように、彼女は首相におとらず都知事もきらっているはずだが、いやに真剣で熱心な目つきだ。このとき、私には観察力が不足していた。涼子はＴＶ画面を見つめていたが、都知事に見とれていたわけではなかったのだ。

「あれさあ、泉田クン」

「何です？」

「あれ、ネズミじゃない」

「ネズミ？　どこです」

「ほら、画面の右下、都知事の足もとから出てきたやつ……」

私が確認しようとした瞬間、TV画面全体から、すさまじいばかりの叫喚《きょうかん》がとどろきわたった。

「ネズミネズミネズミネズミミミミミ――ッ」

声の主は、報道陣の最前列に陣どっていたサクラTVの女性アナウンサーだった。クイズ番組で「オーストラリアの首都はどこ?」と問われて「ゴールドコースト!」と即答した御仁《ごじん》だが、バストが一メートル以上あるという身体的特徴で、男性雑誌には異常な人気がある。私が思わず彼女の名を口にすると、涼子が妙に白っぽい目つきを私に向けた。

「何で君そんなこと知ってるの?」

「私だって週刊誌ぐらい読みますよ。第一、そんなことをいってる場合じゃないでしょう!」

TV画面はいまや混乱の大渦巻と化していた。上下左右に、かぞえきれないほどのネズミが駆けめぐり、跳《と》びまわる。人間たちは悲鳴をあげて逃げまどう。テーブルが倒れ、椅子がひっくり返り、マイクとコードが散乱する。カメラマンもおそわれたのだろう、画像が左右に激しくぶれる。

都知事は、と見ると、右往左往《うおうさおう》する人影にまぎれて、いつのまにか姿が見えなくなっていた。いや、じつはずっと見えていたのだが、TVの視聴者はだれも気づかなかったのだ。それにはたいそう悲劇的な理由があったのである。

巨大バストの女子アナウンサーは、腰がぬけたか、両手をにぎりしめてすわりこみ、天を向いて絶叫している。で、彼女がすわりこんでいるのは、椅子でもなければ床でもないのだ。床に長々と伸びた人物の顔の上にすわりこんでいる。彼女のお尻に埋もれて、人物の顔は見えないが、スーツの胸元にはネクタイではなく、赤紫色のスカーフが……。

「都知事だ！」

思わず叫んで私が指さすと、涼子が快笑《かいしょう》した。

「あらまあ、いちおう美人のお尻の下で死ねたんだから、男としては満足すべきよね」

「まだ死んでるとはかぎりませんよ。ほら、手足がピクピクしてます」

頸《くび》すじをネズミにくいつかれた人が、もんどりうって画面を占拠したので、都知事の姿は見えなくなった。

新宿御苑の草木がすべて枯れたのも、人食いボタルの出現も、ともに前代未聞である。だが、TVカメラの前で東京都知事がネズミにおそわれ、それが全国に実況中継されたのは、それこそ空前絶後にちがいない。

「どうです、ご満足ですか」

すこし皮肉っぽく、私は、涼子に問いかけた。

ところが案外だった。私の上司は柳眉《りゅうび》をしかめ、つい先ほどの快笑はどこへやら、美貌に似あわぬうなり声をあげた。

「気にくわないなあ」

「何がですか」

「だって、あたしがやりたいこと全部、先にやってるやつがいる！」

そういうことか。

納得している場合ではないのだが、心から納得して、私はＴＶの大騒動を見やった。

第三章　怪人「への一番」の陰謀

I

「日本一かっこいい老人」とも呼ばれる都知事が、日本一かっこ悪い被害者になりさがったのは午前中のこと。他人の不幸という甘いデザートをつけて、涼子は悠然と昼食をすませたらしい。らしい、というのは、めずらしく私はオトモをおおせつからなかったからだ。私は過去の事件のファイルを整理し、TVを見ながら丸岡警部といっしょに出前のソバを食《しょく》した。

もどってくるなり、女王陛下はあわれな臣下を呼びつけた。

「都知事は入院したの？」

「ええ、ネズミに五、六ヵ所嚙《か》まれてますし、女子アナウンサーが全体重をかけて飛びついたとき、椅子《いす》ごと倒れて脳震盪《のうしんとう》をおこしたそうです。特別室で息子とベッドを並べていて、TVでは、『父子そろっての悲劇』といってますよ」

「なーにが悲劇よ。喜劇もいいトコじゃないの。どうせ週に二日しか登庁していなかったんだし、いなくたって別にサシサワリないでしょ」

「そうかもしれませんね」

「暴君がいなくなって、部下たちはこっそり祝杯をあげてるかもしれないわよ」

「そうですね！」

「単なる同意の返事としては、変に力強く聞こえるけど？」

「気のせいですよ、気のせい」

美しい暴君をとりあえずごまかしたが、いくつも気になることがある。ソバをすすりつつ、丸岡警部とも話しあったことだ。

新宿御苑の植物を枯らした何者か。

玉泉園に出現した人食いボタル。

知事公館に出現したネズミ。

この三者は同根《どうこん》なのだろうか。誰かが何かの目的を持って騒ぎをおこし、混乱状態をつくり出そうとしているのだろうか。

女王陛下も、デスクにすわって何か考えている。この「デスクにすわって」というのは比喩《ひゆ》ではなく、ほんとにデスクの上に腰をおろし、脚線美の極致たる身体の一部を組んで、すこし気むずかしげだ。ほどなく私を見た。

「泉田クン、ボーッとしてないで、何か意見を具申《ぐしん》してみたらどうなの？」

「その前にうかがいますが、あなたは公安部と見解をおなじくしてらっしゃるんですか？」

「待ってよ、公安部はまだ公式に見解を発表してないでしょ」

「発表してなくても明白です。だからこそ公安部がしゃしゃり出てきてるんですから」

「つまりテロリストの仕業《しわざ》ってこと？」

「ええ」

質問しているのは私のほうです、といいたいところだが、残念ながらそこまでの度胸はない。涼子は視線を天井に向け、それを私の顔にもどすと、妙にわざとらしい口調になった。

「あのさ、泉田クン」

「はい」

「公安部と見解がおなじなら、あたしがわざわざ捜査する理由はないでしょ。あいつらにまかせておくわよ。国家の敵と自分の敵を同一視《どういつし》して、救国のエリートを気どってるおめでたいやつらにさ。でも、それは置いといて、三つの事件は自然現象じゃないわ」

「なぜ自然現象ではないと？」

「それじゃおもしろくないもの」

「おもしろければいいんですか」

「泉田クンだって、どうせならおもしろいほうがいいでしょ？」

それはそうです、と答えそうになって、あやうく私は踏みとどまった。一連の事象が自然現象だとは私も思わない。自然現象だったら最初から犯罪捜査官の出番などないので、議論の出発点としては、涼子の判断はまちがっていない。

「では人為的なものだとして、三つの事象は個別に発生し、偶然に連続したものでしょうか」

「偶然の度が過ぎるわね。泉田クンの意見はどうなの？」

「警視と同意見です」

「何だかエラそうね」

「失礼しました。私も、三つの事象は自然災害だとは思いません。偶然ではなく、ひとつの意図をもった人為的なものだと思います」

「よろしい」

エラそうに女王さまはうなずく。

「では一連の事象を事件として、同一犯人Xを想定してよろしいでしょうか」

「ダメ」

「どこがいけないのでしょうか」

「Xじゃつまらない。別の呼びかたにしよう」

さからってもムダだ。上司は思いつきでものをいう。

「それじゃ『怪人黒マント』とでも呼びますか」

「そんなカッコイイ名前つけてどうするの。ダメよ、犯罪者を美化したりしたら。社会の良識に反するじゃない」

「はあ」

良識といわれてもなあ。だいたいこの女《ひと》は良識という言葉の正確な意味を知っているのだろうか。

涼子はかるく両手を打ちあわせた。

「そうだ、『への一番』にしよう」

「への一番!?」

「そう、への一番。決めた。あたしが決めたからには、本人の意思なんか冥王星《めいおうせい》軌道の外側よ」

今度も私はさからわなかった。もっと重要なことが他にある。

「では本題にもどります。怪人への一番は東京を混乱させて何をたくらんでいるのでしょう」

「たくらんでいることはわかりきってるのよ」

即答して、涼子は私を見る。女王陛下が廷臣《ていしん》の思慮をお試しあそばす、というところ。この件に関しては、試されるがわの私にも、それなりの意見がある。

「デモンストレーション、ですか」

「いい線ね」

「つまり実力を誇示している、と。だれに対してでしょう？　誇示しておいて何をその先、犯人は……」

「への一番」

「はいはい、への一番は人食いボタルなどを育てて、その成果を誇示している、と。

その相手はだれでしょうか」

「だれだと思う？」

「政府ですよね。それ以外にありえない。いや、在日アメリカ軍かも……」

あまり先走らないほうがいい。私は上司の考えをさぐってみた。

「とすると、つぎの順番は、政府あてに脅迫状がとどく、ということになりますが」

「まあそれはすぐにわかるけどね」

「わかりますか」

「あたしをだれだと思ってるの」

「そうでした」

涼子の情報網は、個人としては日本一だろう。合法的な範囲にとどまらないのが問題だが、彼女のヤリクチをとがめる者が上層部に存在しないのが、さらに問題である。

「とにかくチンケな事件ばかりでイヤになるけど、連続していることに意味があるのはまちがいないし……」

「しだいにエスカレートする可能性もありますね」

チンケだと涼子は決めつけるが、すでに犠牲者も出ていることで、三つの怪事件を等閑《なおざり》にはできない。できないが、権限もなければ情報もなく、どうしようもないのだ。権限がなくたって出しゃばるのが涼子の常ではあるが、今回はまだ比較的おとなしい。もっとも華麗かつ劇的に出しゃばるタイミングをねらって準備中なのだろうか。いやいや、マリアンヌとリュシエンヌという左右の翼をそなえて、とっくに準備はできているにちがいない。

「TVをつけてみて。何かニュースをやってるかもしれない」

涼子にいわれて、私はリモコンを手にした。いいタイミングだった。画面に映ったのはこの国の首相だ。

II

「いやー、近ごろは物騒《ぶっそう》だねー」

それが首相の第一声である。

「ホタルまで人をおそうんだからねー、台風や地震も多いし、何だか自然がおかしいねー、一日も早く解決してほしいもんだねー、ま、一方では日本がブラジルに勝ったとかいいニュースもあるしねー、明るいニュースが増えるといいねー」

涼子と私は顔を見あわせた。首相の出番はそれで終了して、TV画面が切りかわり、おしゃれな街並みを映し出す。

「はい、それではアーバンレディーの耳より情報にまいりましょう。いま自由《じゆう》が丘《おか》と二子《ふたこ》玉川《たまがわ》で一番人気のケーキ屋さんを訪問します……」

「チャンネル変えてよ」

いわれるまでもない。リモコンのボタンを押すと、新宿の新都心の風景になった。都庁の黒々とした双塔《ツインタワー》がそびえているが、それが拡大すると、巨大な垂れ幕がかかっているのが見えた。その前で女性レポーターが何か早口でしゃべっている。垂れ幕には三行の文字が記されていた。

「カラスはやっつけた

つぎはホタルだ!

燃えよ、メトロポリス東京!」

この巨大都市は、魔都というより、どんどん笑劇《ファルス》の舞台となりつつある。すでに人《ひと》死《じに》が出ているのだが、思わず笑い出しそうになり、かろうじて自分をおさえた。カラスとホタルにつづくのがネズミだとは、垂れ幕をつくる段階では予測できなかったらしい。

それにしても、私の知らないところで、何がどう動いているのやら。これが国際謀略スリラー小説だの情報サスペンス映画だのだったら、大統領や首相から特命を受けた秘密工作員があらゆる情報を優先的に入手し、国家の敵を追いつめるのだが、あいにくと私はそんな身分ではない。

涼子の許可を得て、私はトイレに立った。本来の目的の他に、すこし自分の考えをまとめる時間がほしくなったのだ。

廊下に出て、歩きながら考えた。ウォーキングは脳細胞を活性化させる、という説があるが、定説かどうかは知らない。授業をさぼる中学生みたいな気もするが、すこし外に出てみようか。

ところが、とあるドアの前で、私はひとりの人物に出会った。長い黒髪、眼鏡《めがね》をかけたスーツ姿の美しい女性だ。

警備部参事官の室町由紀子《むろまちゆきこ》警視だった。まだ二七歳のキャリアである。私の上司である薬師寺涼子警視の同窓生かつ同期生だが、たがいの視線がぶつかれば電光が閃々《せんせん》ときらめく、という仲だった。

しかし私は彼女の仇敵《きゅうてき》ではない。

立ちどまって敬礼すると、由紀子はすぐに気づいて、かるく目を瞠《みは》った。

「あら、泉田警部補」

「お疲れさまです、室町警視」

警備部というのはつまり機動隊を管轄《かんかつ》しているのだから、新宿御苑の警備ひとつとってもずいぶん多忙なはずである。「お疲れさま」というのは、けっして社交辞令ではない。

「ありがとう、でも、じつはそれほどでもないのよ」

由紀子は礼儀ただしい。これが私の上司だったら、

「口先だけのアイサツなんていらないわ。本心だというなら、君が替わってよ。さあ、替わって！」

とニクマレ口をたたくところだろう。

不意に由紀子は左右を見わたした。他に人影がいないことをすばやく確認すると、眼前にある部屋のドアノブをつかむ。

「泉田警部補、五分だけ時間を貸して」

「は、はあ」

由紀子につづいて、私も、ドアの隙間からその部屋にすべりこんだ。資料室だ。スチール製の棚が城壁のように立ち並び、古い事件のファイルが、閉鎖された空間を埋

めつくしている。

ドアを閉じると、由紀子はささやくように低い声で問いかけた。

「急な質問で悪いけど、ヤマガラシってご存じ？」

純粋に、私はめんくらった。

「すみません、知りません」

「漢字でこう書くのよ」

由紀子がメモ用紙にボールペンを走らせ、私に示した。

「山枯らし」

私はまばたきし、由紀子を見やった。何やらざわざわするものが、私の神経網をはいまわる。私が口を開く前に、由紀子が問いをかさねた。

「わたしが二、三年前に、ある町で助役をつとめた経験があるのは、ご存じね」

「ええ、存じております」

室町由紀子は一年間だけ、関東地方の小さな町で助役をつとめていた。キャリア官僚の人事交流の一環《いっかん》である。

「若いうちに一度、行政の現場を経験しておきたまえ。下々《シモジモ》の実情をすこし見ておくのも、エリートにとって必要な経験だよ」

というお役所のありがたい配慮によるものだ。

室町由紀子は私の上司よりハルカにまじめで良心的な公務員だから、誠意と熱意をこめて職務にはげんだ。一年間だけのことだし、町役場としてはお飾りのつもりだったろうが、由紀子は町の旧家に下宿し、朝から晩まで仕事漬《づ》けの四季をすごした。

「政治なんて関係ないよ」

などといっていられるのは大都市に住んでいるからで、地方にいけばいくほど、自治体の規模が小さくなればなるほど、政治は日常に密着してくる。由紀子は町を歩きまわって住民の意見や要望を聴《き》き、県庁に出かけて知事と談判《だんぱん》し、下水道工事にからむ不正をつきとめ、中学校図書館に一〇〇〇冊の本を購入させ、診療所の待合室をバリアフリーに改装させた。あざやかな助役ぶりだったのだ。

だが、まあ、それらは将来、室町由紀子が女性警察庁長官にでもなったときの伝記の材料。いま問題なのはヤマガラシとやらである。

由紀子が話をつづける。

「その町に歴史や民俗学の研究をしているお老人《としより》がいたの」

いわゆる郷土史家というやつだ。どんな小さな町や村にも、かならずひとりはいる。退職した学校教師や役場の職員が多い。

「しょっちゅう公民館の図書室に来ていて、役場にも顔を出してたわ。わたしともすっかり顔なじみになったのだけど」

たぶん由紀子の顔を見に来ていたのだろう。何といっても、白皙端整《はくせきたんせい》、たぐいまれな美女である。あまり愛想がよいとはいえないが、見るだけで眼の保養というものだ。

「その人が、ヤマガラシのことを話してくれたわけですね」

「ええ」

警視庁もすっかりＯＡ《オフィス・オートメーション》化されて、古くさい資料室にやってくる者など、めったにいない。いずれ資料も整理なり処分なりされて、この空間は別の目的に使用されることになるだろう。由紀子と話しあっている場面を、他人に目撃される心配はほとんどないが、ゼロとはいえなかった。

「町というか、その地方の地下に棲《す》んでいて、五〇〇年に一度、地上にあらわれる妖怪がいるというの」

私はどういう表情をしてよいかわからず、ただ二度くりかえしてうなずいた。

「その妖怪が地上にあらわれる直前、山がひとつ丸ごと草も木も枯れてしまうんですって。妖怪が栄養分をすべて吸収してしまうから」

現代から五〇〇年前というと戦国時代、さらに五〇〇年さかのぼると平安時代だ。その当時の記録が残っているというのは、正直なところ信じがたい。郷土史家の大半はもちろんまじめな人だが、郷土に対する愛情と誇りが暴走して、偽史《ぎし》をつくりあげるという例もままある。

だが、山ひとつ丸ごと草も木も枯れてしまう、というのは、たしかに新宿御苑の事象を連想させる。だからこそ、室町由紀子もおどろいたわけだ。私も落ちつかない気分になりながら、肝腎《かんじん》なことを尋ねてみた。

「地上に出た後のそいつは、どんな姿をしているんでしょう？」

「はっきりとはわからないわ。その郷土史家、金森《かなもり》さんというのだけど、彼ならくわしく知ってるでしょう。わたしは、悪いけど、あんまりそのころはまじめに話を聞く気になれなくて……」

もっともな話である。

「そのことを、公安部にお話しになったんですか？」

「話せると思う？　こんなこと」

反問されて、私には再反問の余地がなかった。山ひとつの草木をすべて枯らしてしまう地底の妖怪。民話か怪談の世界である。頭のかたいことを自慢の種《たね》にしている公安部の連中が、まともに話を聞くはずがない。だが、そうすると私の立場はどう自己評価すべきだろう。

「泉田警部補なら笑わずに聞いてくれると思って……あなたはお涼のマキゾエをくって、何度も怪物と戦っているし」

「はあ、まあ、たしかに」

私は憮然《ぶぜん》とする。警察にはいったのは、あくまでも人間相手の仕事のつもりだった。

「それでしたら、薬師寺警視に直接お話しに……なれませんね」

常識人である私の提案を、事情通である私が否定する。室町由紀子と薬師寺涼子の反目《はんもく》および確執《かくしつ》は、日本史でいうなら石田三成《いしだみつなり》と加藤清正《かとうきよまさ》、世界史でいうならフランスのフィリップ尊厳王《そんげんおう》とイングランドのリチャード獅子王、両者が手をむすべば歴史が変わったかもしれないのに、というレベルに近い。

長い時間はとれない。私はメモをスーツのポケットに押しこみ、由紀子に礼を述べて資料室から送り出した。

III

三分ほど間を置いて、私は参事官室にもどった。事務室ではTVがつけっぱなしにされて、レポーターが「街の声」をひろっている。

「天変地異の前兆《まえぶれ》でしょうか。それとも生物兵器を使ったテロでしょうか。いずれにしても政府の対応は鈍く、東京都民の間には不安がひろがっています……」

「こわいわねえ、でもどうしようもないし、警察にまかせるしかないわ」

「テロだよ、テロ。日本は平和で豊かで国民が優秀だから、外国にねたまれているんだ」

「世界の終末ですよ。予言より何年か遅れてるようだけど、それは解釈がまちがってたんだ。今年の八月があぶない、いや、ほんとに」

「政府は何か隠してますねえ」

「うちの赤ちゃんがネズミにかじられたら、どうしてくれるの！」

「大阪に弟がいるんですよ。そちらへしばらく逃げ出そうかな」

「いやー、汐留《しおどめ》にビルの壁ができてから、いいことが何もないね」

「べつに興味ないけど、明日の模擬試験《モシ》が中止になったらこまるー」

「さっき地下鉄の駅で、ネズミかモグラか知らないけど、変な影を見たのよ。走ってたのよ。気味が悪いわ」

「機動隊がアメリカ大使館の前を警備してたけどさ、病院とか学校とかは守らなくていいわけ？」

「どうせ首相はまたオペラか歌舞伎《かぶき》でも観《み》てるんだろ。いい身分だね、まったく」

「ヘリの音がうるさいよ。メディアもちっとは自粛なさいよ」

「またガソリンが値上げするのかね」

……雑多で無秩序をきわめる発言のかずかず。基調には、しかし、隠しようもない不安が灰色の旋律をかなでている。怪人への一番が愉快犯だとしたら、かなり目的は達成されたといえるだろう。

ＣＭ《コマーシャル》になったので、一同の視線がＴＶ画面から離れた。今度は一同の間で意見がかわされる。当事者になれない身だから、ヤジ馬的ではあるが。

「それにしたって、いきなりホタルを撲滅《ぼくめつ》するとなったら、反発の声が出ますよお。新種のものなんでしょ」

「すべてのホタルに罪があるわけじゃなし」

「でも、カラスだって見境《みさかい》なしにボクメツしたんですよ。ホタルだってそうするんじゃないの」

「都知事ならやりそうだけど、ご当人が入院中ではなあ」

同僚たちの会話を耳にしながら、私は、昨夜来の疑問を反芻《はんすう》した。

あの人食いボタルの群れはどこへ消えたのだろう。

何百匹かはたたき落としたが、全体のほんの一部にすぎない。大半は池袋南署が回収しただろう。いまごろは科学捜査研究所《かそうけん》にサンプルがまわされているはずだ。そして何匹かは……私は知っている。涼子に指示されたふたりのメイドが、浴衣《ゆかた》の袂《たもと》にしまいこんだことを。証拠品の持ち出しだ。私はとがめるべきだった。だが、とがめなかった。いまごろ彼女たちも何らかの方法で独自に検査しているのではなかろうか。

いずれにしても、まだ二日めである。たぶん、まだカードが出そろってさえいない段階なのだろう。室町由紀子が提示してくれた「ヤマガラシ」というカードは、さて、キングか、2か3のクズ札《ふだ》だろうか。

涼子の執務室にもどる。「おそい」とは涼子はいわなかった。そのかわりに、もったいぶった口調で話しかけてきた。

「泉田クン」

「はい？」

「昨日今日とお由紀の姿を見ないわね」

「ああ、あの人は警備部ですから、昨日今日はさぞおいそがしいでしょう」

「そうかな」

「何のことです？」

「お由紀のやつ、何か策動《さくどう》してるんじゃないかと思うのよね。君、心あたりない？」

内心のささやかな動揺を、私は、柄《がら》にもないポーカーフェイスで切りぬけることにした。

「さあ、別にありませんが、あなたご自身、何かお心あたりが？」

「とくにあるわけじゃないけど」

涼子は仔細《しさい》ありげに、かるく腕を組んだ。

「以前あたしの目を盗んで、あいつ、泉田クンと密談してたこともあるしさ。油断してると、手を噛まれるかもね」

「密談だなんて人聞きの悪いことを。捜査官どうし、相談していただけですよ」

「あたしをおとしいれる相談？」

「ちがいますよ」

「フン、まあいいわ、今日のところは」

組んだ腕をほどくと、涼子は、デスク上にかさねた書類を二、三枚まとめて手にした。

「への一番がゲーム気どりで何かしかけてくるなら、こちらも対抗しなくちゃね。いまリュシエンヌとマリアンヌに頼んで、整理してもらってることがあるから」

人食いボタルの件か、と思ったが、そうではなかった。

「昨日、新宿御苑のすぐ近くに喫茶店があったでしょ。あそこに集まったメディアの連中が何を話していたか、テープをね」

一瞬、私は声が出なかった。

「あの喫茶店、ほんとにいい場所にあるからね。新宿御苑に押しかけたメディアの連中が休息したり待機したりするなら、あそこしかないでしょ」

「ふたりに命じて、そこに盗聴器をしかけたわけですか」

ようやく私はさとった。そういう細工をするために、涼子は、喫茶店をまるごと借りきったのだ。私の問いに、直接は答えず、涼子は鼻歌でもうたうような口調をつくった。

「ついでにマスターに話を通して、メディアの連中に飲物を無料でサービスしてもらったの。そしたら、さもしいやつら、どんどん口がかるくなって」

「自白剤なんかいれなかったでしょうね」

「何でわかったの」

「警視！」

「冗談よ。何ムキになってるの」

無益とは思うが、いちおう年長者らしくたしなめてみた。

「冗談でも、いって良いことと悪いことがありますよ」

「そうよ、いままで知らなかったの？」

「知ってました」

「だったらいいけど」

「……はあ」

敗因はわかっている。勝算《しょうさん》もなしに、よけいな挑戦をするものではない。私がどうにか姿勢を立てなおしている間に、涼子は、突然、問いを投げつけてきた。

「今夜、時間あいてる？」

「あけます」

「恩着せがましいなあ。あたしのために喜んで、という印象が薄いのよね。もっとうれしそうに返事できない？」

そこまで要求されるスジアイはない。

「あたしは警察庁《サッチョー》の警備局長に会う用があるから、泉田クンにいってほしいところがあるの」

警察庁の警備局長といえば、キャリア中のキャリア、エリート中のエリートだ。美化していえば、「テロリストやスパイから日本を守る国家体制の守護神」ということになる。悪くいう人は、「権力の番犬」とか「政治屋どもの手先」とか批判するけど。

どちらにしても、私のような刑事部門のコッパ役人とは無縁の雲上人《うんじょうびと》である。退職するまで、直接、口をきく機会もないはずだった。涼子はそうではない。いつの日か彼女自身がその地位に昇《のぼ》るかもしれないのだ。

今日どんな用件で会うかという点は、涼子は口にしなかった。

「への一番のヤリクチを見てると、チンケなわりにハデな騒ぎをおこして、人の耳目《じもく》をおどろかそうとしてる。自己顕示《けんじ》欲のカタマリよ。あたしにはすべてお見通し」

「同類だからですか」

とは口にせず、私は、せいぜいつつましい表情で上司の話をうけたまわった。

「そこで断定できること、への一番は今夜にでもまたつぎの騒ぎをおこそうとしている。今夜やつがあらわれるのは、政財界のＶＩＰが集まる場。そこで待ちかまえて、やつがノコノコあらわれたところをとっつかまえるのよ！」

　仮定に仮定をかさねた上での結論だ、何の確証もない。理性がそう私に告げた。ところが私は涼子の自信過剰の断言を否定できないのだ。涼子は天才である。単に知能が高いのではなく、その直感はつねに事件の核心を衝《つ》き、犯人の意図と行動を透視してしまう。これまでいくつの怪事件が、彼女の独断的直感によって解決されたことか。堅実で科学的な捜査が最終的な勝利をおさめるべきではあるのだが、現実はかならずしもそうではないのだ。

　いや、それだけでは表現できない。むしろ涼子は、犯罪捜査におけるブラックホールなのである。怪事件と怪犯罪者は、さからいがたい重力に引かれて涼子に近づき、コッパミジンに粉砕されてしまう。推理力ならぬ破壊力によって、彼女は過去の名探偵たちを圧倒するのだ。

「わかりました。それで私はどちらへいけばよろしいので？」

「ここよ」

　ハガキぐらいの大きさのカードを、涼子は私に向けて放った。

「あたしもいくけど、七時すぎになってしまうと思うの。だから泉田クン、先にいって、あやしいやつをみつくろっておいて」

みつくろう？　日本語の使いかたがまちがってるぞ。

受けとめたカードを、私は注視した。招待状のようだが、秘密めかしている。文字は横書きで、ごくありふれた活字体だ。

「今月の例会は第三水曜日の午後五時三〇分より下記の場所にて開かれます。東京都品川《しながわ》区北品川五―三五―九。このカードを持参しない人は入場できませんので要注意」

ひとつだけ、私は上司に確認した。

「礼服なんか着なくていいんでしょうね」

「スーツにネクタイで充分よ」

Ⅳ

……というわけで、いまにも雨の降りそうな五月の夕方、私はその洋館にやってきた。

涼子の説明によれば、ある大企業のゲストハウスだという。もちろん玉泉園の本館にはおよびもつかないが、高い石塀にかこまれて、ちょっとしたホテルなみの宏壮《こうそう》さだった。ニューイングランドの避暑地にでも建っていれば、さぞ風情《ふぜい》があるだろう。どうも連日、宏壮な邸宅に足を運ぶことになって、せまくるしい官舎との格差が身にしみる。

門と玄関とホール内の受付と、三回にわたってカードをチェックされた。前庭には黒塗りのベンツやキャデラックが駐まり、各処に体格のよい黒服の男たちがたたずんでいる。

どう見ても秘密パーティーの会場だ。案内表示など、いっさいない。来客のなかに女性の姿もない。

受付の中年男性に教えられたとおり進んでサロンにはいる。薄暗く抑《おさ》えられた照明の下は、型どおりのカクテルパーティーの会場のように見えた。だが、よく見ると、壁ぎわの台の上に、アニメに登場するレオタード戦士の人形がずらりとならんでいる。やはり魔窟《まくつ》である。

突然、声をかけられた。

「やあ、泉田さん、おひさしぶりです」

振り向くと、サマースーツに身をかためた男が笑みを浮かべている。年齢は三〇歳ぐらいだろうか、私ほどではないが背が高く、身体の厚みもあり、骨太《ほねぶと》の堂々たる体格だ。きちんと七三に分けた髪、黒縁の眼鏡の奥には自信に満ちた眼、太い鼻柱、大きな力強い口、たくましい顎《あご》の線。いかにも前途洋々たる霞《かすみ》が関《せき》のエリート官僚という印象で、将来は次官か参議院議員といったようすだが、はてこまった、私には彼に声をかけられるおぼえがない。

「泉田ですが、失礼、どなただったでしょうか」

しらばっくれるわけにもいかず、そう応じると、男は濃い眉を動かした。

「あれ、いやだな、わかりませんか」

わからないから尋《き》いているのだ。私はあわただしく脳裏《のうり》の顔写真つき人名録をめくってみた。何ページめくっても、心あたりにいきあたらない。

「すみません、どうもこのごろ記憶力が落ちているようでして……」

すると男はかるく肩をすくめた。左右を見わたし、さらに私に近づくと、太い声を低くしてささやいたのだ。

「やあね、準ちゃん、わたしよ、わたし」

「……は!?」

「ジャッキー若林《わかばやし》よお。わかった？」

一瞬でわかった。

ジャッキー若林、本名は若林健太郎《けんたろう》。財務省のエリート官僚で、薬師寺涼子とは大学の同期生だ。女装クラブ「白水仙《しろすいせん》」のメンバーで、涼子の信奉者でもあるから、二重に変人である。

「ジャ、ジャッキーさんでしたか」

「さんは要《い》らないわよお、水くさいわね」

「い、いえ、親しき仲にも礼儀あり、と申しますし」

私は額や背中に汗を感じた。ジャッキー若林は変人ではあるが善人でもある。善人に会って、これほど狼狽《ろうばい》するのは、我ながら変だと思うのだが、事実として私はかるくのけぞり、一歩後退し、ようやく二歩めを思いとどまった。

「失礼しました。泉田さんをおどろかせるのは本意ではなかったのですが、こうしないと思い出していただけなかったものですから」

「い、いや、こちらこそ気づきませんで失礼しました。よけいなお手数をおかけして、恐縮の至りです」

何をいっているのやら、自分でもよく把握《はあく》できない。ジャッキー若林は意味ありげに微笑した。

「ここでは私はまた別の顔を持っておりましてね。真実の姿を隠すため、ま、仮面をかぶっているのです。ではまた後でゆっくりとお話をするとして、ちょっと失礼」

「あの、いったいここは何の会場ですか」

「すぐにわかります。私は知人に挨拶してきますから、泉田さんはどうぞごゆっくり」

若林氏はさりげなく私の傍《そば》を離れていった。私は溜息をつくと、部屋の隅へと歩き出した。ところが、望みもしないのに、またもや声をかけられたのだ。

V

「泉田サン、泉田サン」

声は聞こえたが、私の足はとまらない。むしろ速くなったのは、声の主を一瞬で判別して、それから遠ざかろうとしたからだ。だが、声の主は、なれなれしく追いすがって、私のスーツの裾をつかんだ。

「いやだなあ、泉田サン、聞こえないフリしないでくださいよ」

観念して私は足を停《と》め、振り向いた。やたらと血色と機嫌のよい童顔が、私の判別の正しさを証明する。

「何の用だ」

「つれないなあ、トモダチなのに」

声の主は岸本明《きしもとあきら》、二三歳。警備部参事官付の警部補だが、年齢と階級を照らしあわせてみればわかるように、堂々たるキャリア官僚である。室町由紀子の直属の部下なのだが、さまざまな事情と経緯《いきさつ》があって、薬師寺涼子に忠誠を誓い、情報を流している。それはまあ、キャリアどうしの関係で、どうぞごかってに、といいたいところだが、岸本はついでのことに私に対してもナレナレしくふるまっているのだ。どうやら私に対して一方的に仲間意識を、というより共犯意識を抱いているらしい。

私もしがないコッパ役人だから、将来のことを考えればキャリアとは仲良くしておいたほうがいいのだが、どうにもうっとうしさのほうが先に立って、つい冷淡に接してしまう。どうせ現在《いま》のうちだけで、岸本が警部に昇進すれば、こちらは敬語を使わなくてはならなくなる。相手が出世したら態度を変える、というのもイヤな話ではあるが。

「いやあ、こんなところで泉田サンにお目にかかれるなんて。同好の士と交流するために来たんですけどね。たとえばあの人」

岸本の指さす先にいたのは四〇代半ばとおぼしき男だ。中肉中背で、オールバックの髪はオイルを塗りすぎたようにテカテカ光っている。林間学校に出かけた高校生がヤブ蚊《か》に喰われたような、幅の広い顔。コックリさんにとりつかれたような危ない目つき。私も知っている有名人だ。

まごうことなき防衛大臣であった。

だが、彼のようなＶＩＰが、こんなところにいるのはなぜだろう。あまりびっくりしたので、岸本に、「警備部のくせにずいぶんヒマなんだな」とイヤミをいってやるのを忘れてしまった。

岸本がささやいた。

「泉田サンがボクたちの同志とは思えないし、きっとお涼さまの密命で潜入捜査でしょ」

岸本ゴトキに見ぬかれるとは不愉快のきわみである。かといって、同志と思われるのはもっと不愉快だ。何の同志かは知らないが。

「答えられんな。かってに解釈してくれ」

「用心しなくていいですよ、おたがい、お涼さまに忠誠を誓った仲じゃないですか」

「誓ってないよ。それより、お前さん、ずいぶん顔が広そうだな。防衛大臣とまで知りあいだとは、すごいじゃないか」

「そりゃもう」

岸本は大きくうなずいた。「得意満面」を絵にして色を塗るとこうなる。

「大臣とボクとは、ゼンドーレン創立以来の同志なのです」

「ゼンドーレン？」

「ゼンドーレンを知らないんですか、泉田サン」

「知らんよ」

むかしむかし全学連《ゼンガクレン》という大学生の全国組織があって、反政府運動で名をとどろかせたという事実は知っている。だが二一世紀の今日、反政府運動をおこなう大学生なんて、日本では恐竜とおなじだ。とうに絶滅した。

「知りたいでしょ、ゼンドーレン」

「べつに」

半ば意図的に、冷たく答える。どうせ岸本はしゃべりたくてたまらないのだ。進んでしゃべらせておけばいい。案《あん》の定《じょう》、岸本はすぐ教えてくれた。

「ゼンドーレンとは、全日本ドーラー連盟の略称なのです」

やっぱりわからない。「全日本」と「連盟」はすぐにわかるが、ドーラーとは何のことだ。

「ドーラーってわかりませんか？　泉田サン、大学は英文科だったんでしょ？」

「ドーラーなんて英語は知らん」

「やだなあ、DOLL《ドール》、つまり人形《ドール》という名詞に、人を意味するERをつけたものですってば」

「ERは動詞につくものだろ」

新任の英語教師みたいなことを私はいったが、もちろん無視された。

「等身大の人形を愛する者、それがすなわちドーラーです」

「人形を愛するって……」

「そうです、人形に対する無償《むしょう》の愛を抱く純粋な男性たちの結社、それこそゼンドーレン」

岸本は腕を組み、両眼を閉じた。功成《こうな》り名遂《と》げた老偉人が、恵まれなかった青春時代を回顧する、といったフゼイ。

「思えばつらい幾星霜《いくせいそう》でしたねえ。保守的で頑迷な社会は、ボクたちの清らかな理想を受け容《い》れようとせず、悪辣《あくらつ》な弾圧と迫害を加えたのです。ドーラーであることが知れると、変態だの地球環境の敵だの少子化人口減の元兇だの、ひどいことをいわれたのです」

変態じゃないか、と思ったが、私は口には出さなかった。痴漢《チカン》や児童買春とはちがうし、生きている人間に対して害をおよぼさないのであれば、とやかくいうスジアイでもない。

たしかに秘密結社ではあるが、世界征服も日本支配も関係ないようだ。人身売買や児童虐待や麻薬使用とも無縁らしい。といってもやはり他人に知られるのは恥ずかしいから、警備をかためるのも無理はない。私は緊張を解き、「あほらしい」とつぶやいた。いかに上司の命令とはいえ、こんな幼児性変態どもの集《つど》いに出席させられるのは、むなしすぎる。

私の胸中《きょうちゅう》も知らぬげに、岸本は防衛大臣を呼んで私を紹介した。バカ、よけいなことをするな、といいたいところだったが、しかたなく挨拶する。

「ほー、そうかそうか、警視庁の同僚《おなかま》か。で、警部補というのは兵隊の位でいうと、どのくらいかネ」

「は？」

何でわざわざ兵隊の位になおすのだ。めんくらっていると、岸本が、事情通ぶりを発揮した。

「少尉ぐらいです、大臣」

「あー、なるほど、よくわかったよ。しかし泉田クン、だったネ、君も岸本クンとおなじ生き甲斐《がい》を持っていたとは、たのもしいが、ずいぶん苦労したことだろうねえ」

そら見ろ。岸本がよけいなことをするから、とんでもない誤解を受けてしまったではないか。

「マロは」

と、防衛大臣がいった。マロというのは彼の一人称らしい。そんな一人称を使われると、いかにも「幕府の転覆をたくらむ公家《くげ》」らしく見える。

「マロはいろいろと岸本クンに借りがあって、頭があがらないんだヨ。持つべきものは、理解ある友人だねえ」

そこへインテリっぽい中年紳士が歩み寄って、たちまち、「レオタード戦士」の話題になる。

「何といってもマロはレオタードパープルがいいねえ」

「あ、御園生《みそのう》鈴香《れいか》ですね」

「あのおとなびて典雅《てんが》なところがいいじゃないか。さすが公爵夫人と異名をとるだけのことはある」

「私はレオタードシルバーが好みですな。女医の娘で自分も医師志望、理系の才女というところがそそりますぞ」

そう熱弁をふるうインテリ風紳士は、三〇もの専門学校を所有する教育事業家だということである。

座は盛大にもりあがっているが、私ひとりは疎外感《そがい》につつまれていた。壁の時計を見やる。薬師寺涼子の執務室の時計によく似ていて、三体の美女像が文字盤をささえている。ただし、まったくおなじではない。涼子の時計はギリシア神話の三美神だが、ここの時計は三人のレオタード戦士である。レオタードゴールド、レオタードシルバー、レオタードパープルの三人で、時計の価格は一〇〇〇万円。ということを、喜々《きき》として岸本が教えてくれた。かってにしてくれ。

私の忍耐力は限界に近づいていた。涼子は七時に来るというが、その前にこの呪われた変態オタクどもの館から逃げ出したい。

はなやかな声がして、何人かのバニーガールが来客たちに飲物を配りはじめる。私はろくに注意をはらわず、ふたたび壁ぎわの時計を見た。

涼子が来るか、「怪人への一番」が来るか、私の限界が来るか。

答えが出たのは、バニーガールからシャンペングラスを差し出された直後だった。

第四章　ゼンドーレン最後の日

I

バニーガールが差し出したのは、ただのシャンペングラスではなかった。見るからに古風で由緒ありげな切子硝子製《カットグラス》で、「酒杯」と呼びたくなるようなものだ。手にとってみてもよかったのだが、この妙に明るい魔窟《まくつ》で飲食するのはあまり気がすすまず、私はかるく手を振って謝絶《しやぜつ》した。バニーガールは引きさがらなかった。グラスを差し出したまま声を発する。

「あたしのグラスが受けられないっていうの、いい度胸ね」

低い声だが、私の耳には雷鳴のごとくとどろいた。

バニーガールの顔を、はじめて正視《せいし》する。とてつもなく秀麗で、生気と鋭気にあふれて、しかも見知った顔であった。私の上司である。

「毒なんか入れてないわよ、ほら」

グラスでなく銃を突きつけられた思いだ。

「な、何であなたがこんなところに……」

「見たらわかるでしょ」

「わかりませんよ。何です、その、ええと、恰好《かっこう》は」

「潜入捜査のために変装してるの。それ以外に何があるってのよ」

そうか？　単にコスチュームプレイが好きなだけじゃないのか。

涼子の手からグラスを受けとったが、もちろん、すぐ口をつける気にはなれない。

「知りあいだっているでしょう？　露見《ろけん》したらどうするんです」

「もう充分、君にもわかったと思うけどさ、今夜この集まりに参加している男どもは人形偏愛《へんあい》の変態オタクぞろいで、生身《なまみ》の女には興味ないの。顔も身体も、ろくに見ちゃいないわ。現に、ばれていないもの」

「それは……」

もったいない、といおうとして、あやうく私は思いとどまった。グラスに口をつけたのは、表情を晦《くら》ませるためだ。上等のシャンペンだったが、味わう余裕はなかった。

「たくさんＶＩＰがいるようですね」

「この館で中性子爆弾でも破裂したら、アジアの変態オタクの半分ぐらいはいっぺんに始末《しまつ》できるけど、日本の社会機能はマヒするわね」

私は左右を見まわしたが、あと二名の知りあいの姿は近くになかった。

「じつは岸本やジャッキー若林にも会いました」

「知ってる。そもそも、あたしにここを教えてくれたのもジャッキーだから」

ジャッキー若林は涼子にとって信用のおける盟友なのである。涼子に対しては水火も辞さず、犬馬《けんば》の労もいとわぬという、見あげた変人、いや、義人《ぎじん》なのだ。

「ジャッキーさんは、またなぜ、こんな集会に参加を？」

「金融問題担当大臣のバカ息子が、ゼンドーレンの幹部なのよ。暴走しないよう、監視をたのまれたんだって」

またバカ息子か。この国に上流社会《ハイ・ソサエティ》というものが存在するとしても、あまり長くは繁栄できないような気がする。

「あら、涼子ちゃん、準ちゃんとめぐりあうことができたのね。よかったわあ」

一言ごとに、私の心臓にハンマーを打ちこみながら、スーツ姿の偉丈夫《いじょうふ》が歩み寄って来た。

「ジャッキー、御曹司《おんぞうし》のおモリはもういいの？」

「あとは、会場を出たら寄り道させず、お屋敷に送りこめばいいのよ。しばらくは天国で遊ばせておけばいいわ。ま、セクハラや痴漢《チカン》行為じゃないんだから、結婚相手に知られさえしなければいいんじゃなくて」

大臣の息子は、来年、九州の有力な財界人の孫娘と政略結婚させられる予定だという。生身の女性と結婚して純潔をうしなう前に、ドーラーとして思い残すことのないよう、今夜の集会に出席しているのだという。「それはそれは」というしかない。

高価そうな金屏風《きんびょうぶ》の前で、サングラスをかけた中年の男がマイクに顔を近づけた。彼の傍《そば》には、何か大きなものが、サテンの布につつまれて立っている。

「同志諸君、今夜はよくお集まりくださいました。心のせまい無理解な人々の白眼視にもめげず、貴重なお時間を割《さ》いていただき、幹事役として感謝にたえません。まずは、皆さまのお目あてのものをご披露《ひろう》いたしましょう」

サテンの布を勢いよく引っぱる。

「ごらんください！　レオタードブルーこと雁立真冬《かりたちまふゆ》嬢の等身大フィギュアです」

おおーっ、という感歎と賛美のうめき声が会場に満ちた。

「もちろん、市販されているような単純なフィギュアではありません。ほら、この髪、この肌の質感、よくごらんください。ただし、まださわってはいけませんよ」

以下、技術面・芸術面での説明が延々とつづくが、私にとっては土星人のスピーチも同様であった。水星人と手をむすんで地球を侵略しようとしているのかもしれないが、私のあずかり知るところではない。

涼子を見やると、バニーガール姿のまま、変態紳士どもの間を遊泳している。他のバニーガールたちも選《え》りすぐりの美貌と肢体《したい》の持ち主だが、涼子はひときわ抜きんでていた。尋常なスケベ男たちなら涎《よだれ》をたらして立ちつくすだろう。だが、生きているというだけで、涼子は彼らの視界からはずされているのだった。

美しすぎ、かつ邪悪きわまる上司の本心について、私は何とか洞察《どうさつ》しようとした。彼女はドーラーたちの顔を鋭く観察している。あきらかに彼らの顔を脳裏の高性能監視カメラにおさめているのだ。彼らの弱み——家族や同僚に知られてはこまる弱みをつかみ、後日、悪用するつもりだろう。それこそが、彼女の異常な権力の源泉なのだ。

だが、それだけだろうか。

私は上司の真意を測《はか》りかねた。涼子は邪悪ではあるが、私みたいなコッパ役人の一万倍も行動力のスケールは大きい。破壊力は一〇〇万倍だ。コスプレついでに、何かたくらんでいるにちがいないのだが。

突然、拍手がわきおこった。マイクの前へと進む姿は、まさしく防衛大臣だ。もともとつやつやした顔は、照明を受けて、いまやぎらついている。

幹事役が、おおげさな身ぶりで声をはりあげた。

「ではここで、ゼンドーレン会員番号〇〇〇一の方にご登場いただきましょう。同志の皆さま、ぜひ盛大な拍手を！」

固有名詞を出さないのは、大臣が有名人だからか、さすがに名前を公表するのはまずいからか、秘密結社を気どっているのか。

「その全部よ、きっと」

私の心を読んだかのように、涼子が、皮肉な笑みをもらす。バニーガール姿のまま腕を組んだ姿は、よく考えると奇妙だが、さまになっているのが不思議《ふしぎ》だ。

「さすがというか、会員番号が一番なんですね」

「あの番号、もともと岸本のだったのよ」

「え、そうなんですか」

「岸本のやつ、自分の番号を大臣にゆずってやって、恩に着せたわけ」

さすがにキャリア官僚だけあって、岸本はドーラーの世界でもヌケメがない。趣味と処世術《しょせいじゅつ》とが完全に一致している。私などにはとても不可能な芸当だ。その岸本も、童顔をほころばせて拍手を送っている。

「えー、同志の皆さん」

きっと防衛大臣は気のきいた挨拶の台詞《せりふ》を用意していたにちがいない。だが、すべては幻に終わった。両手をひろげてレオタード戦士の等身大フィギュアを抱きしめた瞬間である。

「うわーッホイ！」

奇声《きせい》とともに、防衛大臣の身体が宙に浮いた。足と床との距離が一メートル、二メートルと開き、身体が回転する。さらに上昇していく。三階分が吹きぬけになった高い天井へ向けて。ひねたピーターパンのようだ。

防衛大臣が人間バナレした御仁《ごじん》であることは知っていたが、空まで飛べるとは思わなかった。いや待て、いくら何でもそんなはずはない。何者かが、大臣を吊《つ》りさげているのだ。いったい何者が、どうやって。

「ワイヤーアクションね」

涼子が論評する。

「香港の武侠《ぶきょう》アクション映画ではめずらしくもない芸だけど、ちょっと観物《みもの》ではあるわね。呂芳春《ルイ・ファンチュン》をつれてきてあげればよかったわ」

呂芳春とは貝塚さとみ巡査の異名で、彼女は熱烈な香港フリークなのだ。両親と同居しているが、給料の大半は香港への休暇旅行の費用にあてているらしい。警視庁勤務のくせして、東京より香港の地理にくわしい、というウワサもある。

宙で揺れながら大臣が叫んだ。

「おーい、マロを助けてくれえ……！」

必死で救助を求めている、といいたいところだが、レオタード戦士の等身大フィギュアを抱きしめたままだから、何とも異様である。変なオジサンが美少女を誘拐して逃走しようとしているとしか見えない。

なす術《すべ》もなく右往左往《うおうさおう》する変態男どもの間をぬって、美貌のバニーガールが突進する。ハイヒールを鳴りひびかせて一喝《いっかつ》した。

「待て、への一番！」

天井へ指を突きつける。それで私も気づいた。宙を飛ぶ大臣の真上で、天井の一角が開いて、そこから人影が下界を見おろしている。黒い服に、黒い覆面。両眼の部分だけがあいているようだった。あれこそが「怪人への一番」なのか。

II

「への一番、待て！」

高らかな呼びかけに、黒影は応《こた》えようとしない。ワイヤーで大臣をぶらさげたまま、天井の穴の奥へ引っこもうとしている。

「おのれ、あたしの命令を無視するか。への一番め、何サマのつもりだ！」

「自分のことだとは思ってないんですよ」

私は涼子をたしなめた。への一番を弁護したってしかたないのだが、他人にかってな名をつけて呼びたてし、相手が反応しないからといって怒るのは、涼子の横暴《おうぼう》というものである。

「だったら何と呼べばいいのよ」

とんでもない難問を、涼子がぶつけてきたので、私はあやうく躱《かわ》して、空中の防衛大臣を指さした。

「そんなことより、このままでは逃げられてしまいますよ」

大臣の姿はいまや天井の穴へと消えようとしている。と、つやつやした幅の広い顔が下向きとなって、叫び声を吐き出した。

「ああ、マロは死すともドーラーは亡《ほろ》びず！」

レオタード戦士の等身大フィギュアを放して両手を自由にすれば、防衛大臣も逃げる算段《さんだん》が立ちそうなものだ。だが大臣は等身大フィギュアを抱きしめたまま、天井の穴へと吸いこまれていく。腰が消え、脚が消え、最後に靴が消えた。暗い穴だけが残されたが、それもせいぜい五、六秒のことだった。音もなく天井の穴はふさがれて、白一色の平らな板があとに残った。

「よくもあたしを無視したな、への一番め、後悔するなよ」

必要もないのに、立ちすくむ男たちを五、六人突き倒して、涼子は駆け出そうとした。体格のいい男が彼女の腕をつかんだ。

「ダメよ、涼子ちゃん、あぶないわ」

ジャッキー若林であった。必死の形相《ぎょうそう》で制止する。スーツ姿の偉丈夫が女性の言葉を駆使《くし》するのは、いまさらながら奇妙な光景だ。もっとも、会場全体が奇妙だから、とりたてて目立たないが。

涼子のハイヒールが停止した。ひとつ呼吸すると、微笑を向ける。

「ありがと、ジャッキー、とめてくれて。誰かサンとちがって、あたしのこと心配してくれるのね」

イヤミたっぷりな視線を受けて、誰かサンは憮然《ぶぜん》とした。とめてもムダだ、と思うのは私が不忠《ふちゅう》の臣だからだろうか。

べつに失地を回復しようというコンタンからではないが、私は、混乱のなかで、ひとりの男に眼をつけた。他の客同様、去就《きょしゅう》に迷っていたようだが、兵法の極意《ごくい》を思い出したか、こそこそ姿を消そうとしたのである。

「逃げるな！」

一喝して、私は岸本の襟首をつかんだ。岸本が悲鳴をあげる。

「に、逃げるなんて、そんな、誤解ですよお」

「誤解か、だったら、ここにいればいいだろ」

うらめしそうに岸本は上目《うわめ》づかいで私の顔を見やったが、観念したのか、オペラ歌手みたいにおおげさな悲歎《ひたん》の身ぶりをした。

「ああ、悲劇だなあ。ゼンドーレン最後の日がこんな形で来るなんて。神も仏もないとはこのことだ」

「神や仏にたよる気だったの？　ずうずうしいにもホドがあるわね」

ハイヒールを鳴らして、涼子が歩み寄る。

「きゃー、ぶたないで」

「誰がぶつか、アホ！」

岸本の頭を、涼子は思いきりこづいた。こづくのは、ぶつうちにはいらないらしい。このとき周囲はかなり騒然となっていた。声がとびかう。

「け、警察を呼べ」

「ばかな、呼べるわけないだろう」

「そうとも、どう説明するんだ」

涼子が一同をせせら笑った。

「そりゃオオヤケにはできないわよねえ。防衛大臣ともあろう者が、レオタード戦士の等身大フィギュアを抱いたまま拉致《らち》されたなんてさ。せいぜい公人らしく、自己責任とってもらおうじゃないの」

「とはいいましても、大臣が殺害されたらどうします？　あなたにとっても何かとメンドウになるんじゃありませんか」

「いいわよ、人質にとったのなら、への一番だってすぐに殺しやしないでしょ」

「それはそうですが……」

「ま、二、三日、痛い思いや怖い思いをしたところで、救出してあげればいいわ。そのほうが恩に着せてもやれるし、あたしの値打ちもさらに高まるってものよ、オホホホホ」

涼子は高笑いした。

怪人への一番も顔色をうしなう悪辣《あくらつ》さだ。私としても、べつに自分の生命を賭《と》して防衛大臣を救出しようとは思わないが、ささやかなイヤミをいいたくなった。

「そうあなたの思いどおりに事態《こと》が運びますかね」

「だから殺されやしないわよ。それだったら、とっくに殺されてるわ。拉致したのは、生かしておいて人質にするつもりだからでしょ？」

たしかに、そのとおりだろう。

「だとしたら、いよいよ首相あてに脅迫状なり声明文なりが来ますね」

「そんなもの首相が見たって意味ないわ。問題は、あたしの眼に触れるかどうかなんだけど……」

言葉を切って、涼子が視線を一点にすえた。私も彼女の視線を追った。ゼンドーレンの同志たち、いや、もはや残党と呼ぶべきだろうか、潮《しお》がひくように退去しつつある。

「ほら、あそこに警視庁《ちょう》の公安部長までいるわよ」

五〇代とおぼしき痩身の男性だ。サングラスをはずしてスーツの内ポケットにおさめ、さりげなく立ち去ろうとしている。両耳と顎《あご》がとがり、頬がそげて、獲物とねらったウサギに逃げられたキツネのような顔だ。たしかに公安部長だが、こんな人物までゼンドーレンの一員なのか。

涼子が声をかける。他意《たい》だらけの声だ。

「まあ、奇遇ですわね。こんな場所でお目にかかるなんて」

「……あっ、ドラよけお涼！」

公安部長の声と表情は、アタカモ地獄で魔女に出くわしたかのよう。いや、これでは比喩《ひゆ》になっていないか。事実そのままだからな。

美しい魔女は、うろたえる公安部長の前に、文字どおり立ちはだかった。公安部長はやたらと口を開閉させながら踵《きびす》を返そうとする。だが彼のすぐ背後には、ドラよけお涼の部下がいた。不本意ながら、私のことだ。

もちろん公安部長のようなお偉方《えらがた》が、一介《いっかい》の警部補ごときを見知っているはずはない。単なる通行人とみなして、私の傍をすりぬけようとした。

さりげなく私は脚を動かし、公安部長の脚をひっかけた。一〇年の警察生活で会得《えとく》したテクニックだ。これだけで、必要なときには公務執行妨害で逮捕できるという、まさに悪のテクニック。よろめく公安部長の身体をささえる。

「失礼しました、おケガはありませんか」

われながら偽善的な台詞《せりふ》を吐きながら、公安部長を涼子に正対《せいたい》させる。いつのまにやら涼子は、レオタード戦士のフィギュアを手にしていた。等身大のものではなく、五分ノ一スケールのやつだ。誰かは知らないが、レオタードの色は緑色に見えた。

「何でこんなところにいたの？　キリキリ白状しないと、レオタード戦士の顔に傷がつくわよ」

「な、何と極悪無道《ごくあくむどう》な。こら、お前はそれでも人間か」

「極悪無道でケッコウよ。人の顔を見て逃げるのは、何かうしろめたいことがあるからでしょ。スナオに白状おし、さもないと……」

わが上司ながら、どう見ても悪役の言動である。

追いつめられた公安部長は、まさに猟犬に肉薄《にくはく》されたキツネそのもの。くるおしい目つきでレオタード戦士を見つめていたが、いきなり大きく口をあけた。

「ええい、ドーラーで悪いか！」

私の腕を振りはらい、悲鳴のような声で叫んだ。

「お、おれはな、現実の女に絶望したんだ。失望じゃないぞ。絶望だぞ。女房はおれに無断で定期預金を解約して、韓国の美男子俳優《イケメン》に会いにいきやがった。上の娘は作家志望の男と三年も同棲しているが、そいつときたら、口先で女をだます以外に何の才能もなくて、娘から遊ぶ費用《カネ》をまきあげるだけだ。下の娘だって……」

尋問したわけでもないのに、私は、公安部長の家庭の事情を知ってしまった。下の娘は顔を黒く塗りたくって渋谷に出かけ、学校も休みがちで、しばしば家の金銭を持ち出すそうである。陰険な秘密警察のボスかと思っていたら、家庭で孤独感をかこつ、哀《かな》しいオトーサンなのであった。

どうやら背後関係なし、と見切ったたか、美貌の魔女がやさしげなつくり声を出す。

「かわいそうに、ずいぶん苦労したのねえ」

「お、おれの苦労なんか誰もわかってくれやしないんだ」

「あら、わかりますとも。ダメよ、絶望なんかしたら。絶望はオロカ者の結論。あなたは将来の警察庁長官なんだから、涙の河をこえて、りりしく羽ばたかなくちゃ」

「そ、そうかな……」

魔女にだまされて地獄の最深部へと堕《お》ちていく公安部長の姿を見ながら、私は重い重い溜息をついた。日本のエリートもあわれなものだ。超一流の大学を卒業し、ライバルを蹴落とし、上に媚《こ》びへつらい下を踏みにじって官僚組織のトップ近くに昇《のぼ》りつめながら、家庭に安らぎはなく、アニメの美少女キャラクターに心の救いを求めるしかないのか。これなら私のほうがずっとマシ……いや待て、ちっともマシではない。魔女につかまるのは、公安部長にとっては不時《ふじ》の災難だが、私にとっては日常なんだからな。

「うつうつ、いずみちゃん、君だけだよ、おれをいやしてくれるのは……」

「あら、レオタードゴールドが好きなのね」

「ちがう！　いずみちゃんはレオタードグリーンだ。レオタードゴールドは福富香苗《ふくとみかなえ》だろう！」

公安部長は一瞬、涙を忘れ、ファンというよりストーカーぶりを発揮する。フクにトミにカナエねえ、さすがにレオタードゴールドだけあって、景気のいい名前である。

「はいはい、グリーンでしたわね。それはそれとして、部長、あなたの眼前で防衛大臣が拉致されましたのよ。テロ対策の責任者として、どう処理なさるおつもりですの？」

涼子のつくり声に凄《すご》みが加わった。

甘美な幻想からさめると、たちまち公安部長はエリート官僚としての自我を回復させた。

III

眼前で防衛大臣が拉致された。公安部長にとっては、はなはだまずい事態である。なぜそのようなことになったのか、現場で何をしていたのか、追及はまぬがれないところだ。

公安部長は涼子に対して、もみ手してみせた。

「薬師寺君、たのむ、このとおりだ。国民やメディアに知られないうちに、防衛大臣を救出してくれ」

氷の女王のごとく、涼子は冷然と公安部長を見すえた。

「あら、公安部長には優秀な部下がたくさんおありでしょ？」

「あんなやつら、頼りになるもんか。不当逮捕と誤認逮捕のくりかえしで、おれに恥ばかりかかせやがって。君が優秀だからこそたのんでるのだよ、薬師寺クン」

「そうですわねえ」

今度はネズミをなぶるネコの表情。瞳が黄金色にかがやいたような気がする。

「ま、たってのご依頼とあれば、前向きに考慮してもよろしゅうございますけど」

「たのむよ、たのむよ」

「わかりました。あたくしも公務でたいへんいそがしい身ですけど、ほかならぬ公安部長のご依頼ですものね」

バニーガール姿のまま、涼子は細腰《ほそごし》に両手をあてた。

「ただ、最大限の便宜《べんぎ》は、はからっていただきますことよ」

「もちろんだ、もちろんだ。私にできることなら何でもするよ。ただ、私の部下たちには今夜のことは口外《こうがい》しないでくれ」

「けっこうですわ、そちらが約束を守ってくだされば」

私をかえりみて、涼子は、会心の笑みをひらめかせた。

「聞いたわね、泉田クン、オスミツキが出たわ。明日からさっそく行動開始よ」

私は無言でサロンの天井をあおいだ。

こうして公安部長は、公安部と自分自身とを、地上でもっとも危険かつ悪辣な魔女に、まとめて売り渡したのである。

もっとも、実態はどうであれ、薬師寺涼子は警察組織の一員であるにはちがいない。涼子が防衛大臣をみごと救出すれば、警察組織全体としては、政府に恩を売れるわけだ。もし救出できなければ、そのときは、涼子に責任をとらせればいい。

それが公安部長の計算であることは、私にだってわかる。涼子にわからないはずがない。すべて承知の上で、涼子は、公安部長と手を結ぶフリをしたのだ。キャリア官僚って、つくづく好きになれない連中である。

長いようだが、涼子と公安部長とのやりとりは、五分間ていどのものだった。その間に、ゼンドーレンの幹部たちは、あわただしく鳩首《きゅうしゅ》会議をおこなったらしい。先ほど司会役をつとめた男が、いささかおぼつかない足どりでマイクの前に立った。紳士然とした顔に、沈痛《ちんつう》の気がみなぎっている。

「皆さん、思いもかけぬアクシデントがおこりました。無理解な社会からの曲解と迫害を避けるため、わがゼンドーレンはしばらく活動を停止いたします。まことに残念な結論ではございますが、あくまでも停止、中断でありまして、これが終わりではありません。ゼンドーレン一〇〇〇年の大計《たいけい》のため、今夜はあえて泣こうではありませんか！」

どうやら今後一〇〇〇年も活動をつづける気らしい。私の周囲の男たちは、司会役とおなじ表情を浮かべ、小さく拍手した。よく見ると、涙をたたえているやつまでいる。彼らは彼らなりに真剣で純粋なのかもしれない。見習う気には、とてもなれないが。

「では皆さん、いそいでお帰りください。今夜のことは胸におさめて、墓場まで秘密を持っていくお覚悟を願います。新聞やTVはどうにでもなりますが、くれぐれも週刊誌にはご注意を！」

あわただしく客たちが動き出す。人波のなかで、涼子がジャッキー若林に声をかけた。

「ジャッキー、あんたはすぐ帰りなさい」

「でも……」

「いうことを諾《き》いて。すぐ帰って、ここで何があったか、いっさい口外しないこと。あたしのほうから用件ができたら『白水仙』に連絡するから」

「わかったわ。涼子ちゃんがそういうなら」

両眼に熱誠《ねっせい》をこめて、ジャッキー若林は大きな掌《てのひら》で涼子の手をつつんだ。

「でも、かならず連絡してね。いつでも、いつまでも、わたし、涼子ちゃんの味方だから」

「かわいいジャッキー、ほんとにあなたの爪《つめ》のアカを、誰かサンに大サジ一〇杯ぐらい飲ませてやりたいわ。ともかく、気をつけて帰ってね」

ジャッキー若林は、振り返りつつも急ぎ足で会場を出ていった。

いつのまにか、広大な床の上に、涼子と岸本と誰かサンだけが残っている。

防衛大臣がテロリストに拉致された。この一件だけで充分に、長篇ポリティカル・サスペンス小説の材料になるだろう。だが、私の上司にとっては、どうやら、歯牙《しが》にかける値打ちもない小事らしい。

「ま、大臣もこれでいちおう大物ヅラできて、めでたいじゃないの。国土交通大臣なんて、誰もねらってくれないんだからさ。防衛大臣がさらわれたと知ったら、手をたたいて喜ぶか、くやしがるか、どっちかしらね」

国土交通大臣は防衛大臣とおなじ年齢《とし》で、ライバルどうしといわれている。しかし、まさか防衛大臣の情報を国土交通大臣に売る気ではあるまいな。

「さて、今夜のところは長居は無用。あたしたちも引きあげよう。泉田クンもあたしの家においで」

「え、なぜですか」

「近いからよ。ここは北品川、あたしのマンションは高輪《たかなわ》」

たしかに近い。歩いても三〇分ぐらいの距離ではないだろうか。もちろんバニーガール姿のまま歩けるわけはないが。

「ではお送りします」

「君はどうするの？」

「お送りしたあと、官舎に帰ります」

「帰っちゃだめよ」

別に色っぽい展開にはならない。涼子は自宅で作戦会議でも開く気なのだろう。その証拠に、岸本明にも命じた。

「岸本、あんたもイチオウおいで」

「えっ、で、でももう八時ですし……」

「それがどうしたのさ」

「ボクの家、門限があるんです。何しろ良家《りょうけ》なもんで……九時には帰ると両親にいってあるんで」

「マジメな話になると、あたしの家に来るのがイヤなのか、キサマはッ！」

ハイヒールの爪先が丸いお尻に喰いこんで、岸本は「ひえー」と声をあげた。苦痛とヨロコビとが渾然《こんぜん》一体となった、複雑な声だ。岸本はころんと床の上にころがって動かなくなった。

「気絶したフリしやがって、この子ダヌキめ、タヌキ汁にしてやろうか」

「食べても不味《まず》いですよ。今日のところは帰してやったらどうです？」

「君は来なさい」

「はあ……」

「晩御飯まだじゃないの。うちで食べさせてあげる」

「えッ!?」

「なに逃げ腰になってるのよ。リュシエンヌとマリアンヌがお料理つくってくれるに決まってるでしょ。着替えるから、ちょっと待ってて」

結局、三〇分以上も待たされた。いつもの涼子ならもっと手早く着替えると思うのだが、この夜はそうではなかった。岸本もいなくなって、私たちふたりは最後に洋館を出た。

Ⅳ

リュシエンヌとマリアンヌ。メイド姿のふたりを見ると、何となく、いるべきところに人がおり、あるべきところに物がある、という感じになる。そういう感じかたが正しいのかどうか、私にはよくわからない。ただ、このふたりが涼子の左右にひかえているると、じつに絵になることはたしかだ。

涼子の自宅マンションのダイニングルームは、調度品も壁紙もおちついた感じで、八人がけのテーブルもかけ心地《ごこち》がよい。もっとも、この部屋は、かつて涼子がトルコ宮廷料理と称する謎の物体で、私の舌と胃に大損害をあたえた犯行現場である。壁にかかった風景画を見ると、にがい思い出がよみがえって食道を灼《や》く。

メイドたちがととのえてくれた食事は、ことさら豪奢《ごうしゃ》なものではなかった。三種類のパンに、やはり三種類のペースト、さらに三種類のジャム。あとは鶏肉のポトフと鮭《さけ》のマリネだったが、肉も野菜も舌の上でやわらかくとろけて、味蕾《みらい》をくすぐる感触が絶品だった。ふたりをほめるのに、お世辞《せじ》などまったく必要なかった。

食後、涼子が問いかけた。

「お酒、飲む？」

「コーヒーならいただきます」

「フン、つまらないやつ」

玉泉園でワタアメを買わされたときにも、そういわれた。暴言ではあるが事実なので、私は反駁《はんばく》しなかった。自分がつまらないやつであることは、よく知っている。もっと粋で洒脱な人間だったら、別の人生があったろうとは思うが、柄にないことをしてもしかたない。

香りのよいコーヒーが運ばれてきた。たぶんブルーマウンテンがブレンドされていると思う。そこいらのコーヒーショップより一段上の味だった。

「彼女たちはコーヒーも名人なんですね」

「あたしの仕込みがいいからね」

「出藍《しゅつらん》のホマレですか」

「何よ、それ、気にいらないな」

いいながら、涼子はふたりのメイドに何か告げた。私がほめたことを伝えてくれたようだ。ふたりそろって私に笑顔を向ける。

彼女たちがどのような事情で涼子を女主人《ミレディ》とあおぐようになったか、甚大《じんだい》な興味はあるが、まだ涼子は教えてくれない。

コーヒーカップにつづいて、地図が運ばれてきた。一メートル四方ほどもある、東京都内の地図だ。赤いマジックペンを手にして、涼子が×印をつけていく。

「Aが新宿御苑。Bが人食いボタルの出現した場所、つまり玉泉園。Cが松濤の都知事公館……」

涼子の横にマリアンヌが、私の横にリュシエンヌがたたずんで、興味深げに地図をのぞきこむ。

「そしてDが北品川にある変態オタクの巣窟。この四ヵ所を結んでみると……」

マジックペンが、曲折《きょくせつ》のある太い赤いラインを地図上に描き出した。

「どう思う、泉田クン？」

私は用心深く指摘した。

「山手線の西側のラインにほぼ沿《そ》って、南北に伸びてますね」

「地上ではね。地下では？」

いわれるまでもなかった。私の指は地下鉄《メトロ》の路線のひとつにずっと接触している。

「地下鉄《メトロ》副都心線に、ほとんど寄りそっている感じです」

「そういうこと」

涼子はコーヒーカップを唇にあてた。それ以上、何もいわないので、私も無言で思案をめぐらせる。四ヵ所の事件の現場は、地下のルートによって結びつけられている。そう涼子はいいたいのだろうか。実際、への一番が脈絡《みゃくらく》なく事件をおこしているのでなければ、どこかに場所を選ぶ基準があるはずだ。への一番しか知らない地下のルートがあっても不思議ではない。

逆に考えると、そういう地下のルートを知っているへの一番とは何者だろう。今日、ゼンドーレンの集会にあらわれた黒衣の人影は、しなやかで若々しい身体つきをしていたような気がする。長々と観察していたわけではないが。

東京の地下には、もうひとつの世界が存在する。それは近代になってからつくられた人工の世界だ。地下鉄に上下水道、ガス管に送電線、洪水にそなえた巨大貯水槽、そして戦争にそなえて軍部が張りめぐらした地下道網や、政府がつくったさまざまな地下施設、さらに大規模な地下街。

まあ都市伝説の類《たぐい》なのだが、多少の根や葉はある。地下鉄の霞《かすみ》ケ関《せき》駅に政府要人用の核シェルターがあるのは周知の事実で、政府が認めていないだけだ。への一番はそれらの秘密を知る立場にある人間なのか。だとしたら政府の関係者なのか……。

女王陛下が沈黙を破った。

「ずっと何を考えてるの？　いってごらん」

私はご下問《かもん》に応じることにした。ようやく考えがまとまったことがある。

「やっとわかりましたよ」

「何がよ？」

「あなたがゼンドーレンの集会に潜入した理由です」

涼子が美しい眼をかるく細めた。私は話をつづけた。

「ゼンドーレンの集会なんか、あなたにとっては、ついでのことにすぎなかったんでしょう？　主たる目的は、あの会場にあった。あの洋館が地下ルートの上に建っていて、おそらく出入口もある。そこであらたな事件がおきることを予期してらしたんでしょう？」

「そんなところね。また何か虫でもまきちらすんじゃないか、と思ってたけど、要人の拉致とは、ちょっとばかり意表を衝《つ》かれたわ」

また口を閉ざして、涼子は私を見つめる。私はもどかしさをおぼえた。どうも何か見落としたことがあるにちがいない。だが、その正体がわからない。

「まだほかに隠していることがあるでしょう。いったい何です？」

「隠してることなんかないわよ」

「だったら、尋《き》かれてないから答えてない、ということがあるでしょう。どうか教えてください」

「だんだんコイツあつかいにくくなってきたな」

「何です？」

「気にしないで、ひとりごとだから」

「気にしますよ」

不機嫌にいう私の表情がおかしかったのか、マリアンヌが口もとに微笑をたたえるのが見えた。私には見えないが、リュシエンヌもそうなのだろうか。

「もしかして、今夜のゼンドーレンの会場と、玉泉園の双日閣とは、おなじ建築家が建てたんじゃありませんか」

涼子はかるく手をたたいた。

「えらい！　さすがはあたしの副官。よく気づいたわね」

「あなたがいろいろヒントをくださいましたから……で、いったい何者が、このふたつの建物を設計したんです？」

この問いには、あっさり答えてくれた。

「黒林道忠《くろばやしみちただ》というのよ」

「有名な人なんですか」

「一部ではね。半分、別宮侯爵家のおかかえ建築士みたいな男で、邸宅のほかに、ビルやら駅舎やらも建ててるわ。日本国内だけでなくて、旧満州や台湾でも活動してたみたい」

「もう故人《こじん》なんでしょうね」

「五〇年も前に死んでるわよ」

私は想像をめぐらせた。五〇年前に死去したはずの建築家が、じつは地下で生存しており、「怪人への一番」に変身して地上への復讐をはたそうとしているのだろうか。

地下世界の王者といえば、何といってもガストン・ルルーの『オペラ座の怪人』だが、への一番はあまり芸術とは縁がなさそうに見える。それに、どうも年齢があわない。私が見た人影は、もっと若々しかったと思えてならなかった。共犯がいるのだろうか。

「それじゃ明日以降、地底へ捜査の手を伸ばしますか」

私がいうと、女王陛下は首を横に振った。

「地下と地底とはちがうのよ」

「どうちがうんです？」

「地底には地底人が棲《す》んでいるけど、地下に地下人は棲んでいないの！」

「……はあ」

「それくらいの区別つけてよね。仮にもあたしの侍従長なんだから」

仮にも、などといわれてもこまってしまうが、案外な気がした。涼子は「怪奇・一二日の木曜日」の熱烈なファンで、地底人が大好きだから、一連の事件が東京の地下と結びついていることをさぐりあてて喜んでいる、と思っていた。ファンの心理とは微妙なものなのだなあ。

そう思いかけて、ばかばかしさに気づいて、私はことさら咳《せき》ばらいした。リュシエンヌがワゴンの上からミネラルウォーターの瓶《びん》をとってコップにそそいでくれる。

「メルシー」と礼を述べてから、私は涼子に別の質問をしてみた。

「それにしても、どうして地下に目をつけられたんですか」

「東京都内のカラスたちは、異常な行動をとっていない。空には関係ない、地面のほう、それも地下に原因があることはすぐわかったわ」

このとき私が不意に思い出したことがある。思案をめぐらせたが、結局口に出してみた。

「山枯《ヤマガラシ》らしというのを、ご存じですか」

「ヤマアラシの親戚《しんせき》？」

「ちがうと思います」

涼子は山枯らしのことを知らないようだ。私は説明する必要を感じて、そうした。もちろん室町由紀子の受け売りである。最初、涼子はつまらなさそうに聞いていたが、私が話し終えたときには態度が変わっていた。

「ふうん、君、変なことを知ってるのね」

「知ってるのは私じゃありません。室町警視です」

「で、そいつをやっつけるには、どうしたらいいの？」

せっかくのご下問だが、私は答えることができなかった。私も室町由紀子に質問はしたのだが、それは地下の妖怪をやっつける方法ではなく、形状についてだった。そして答えは得《え》られなかったのだ。

「私にはわかりません」

「じゃ、だれに尋《き》けばいいのよ」

ひと呼吸おいて、私は答えた。

「室町警視ですね」

考えてみれば、あたりまえである。そもそも室町由紀子から聞いた話だ。

涼子の表情に雷雲《らいうん》の気配がたちこめてきた。

「お由紀に教えてもらえっていうの？」

「捜査に役立つことなら、よろこんで教えてくれますよ」

「フン、あいつがよろこぶとしたら、あたしに頭をさげさせることよ。冗談じゃない。あいつに教えてもらわなきゃならないのなら、知らなくてもいいわ」

「またダダをこねる」

「うるさい、ダダとリクツは、こねた方が勝ちなの！」

なるほど、と思ったが、賛同はいたしかねる。

前例もあることだ。猛獣使いになった気分で、私は涼子をおだてあげることにした。

「いいじゃありませんか、あなたがテガラを立てるため、室町警視に協力させる、ということなんですから」

「そりゃそうだけど……」

涼子はいまいましげに茶色の髪をかきあげた。

「ま、いずれにしても明日のことよ。公安部長がどう出るか、それを見てからのことね」

「信用してないんですか」

「泉田クン、官僚のことがまだよくわかってないわね。あいつらは責任をとらなくてすむなら親だって殺すし、報復される恐れがないとなれば親友だって売るわよ。信用できるはずないでしょ」

自分も官僚のくせして、すごい評言である。

リュシエンヌが歩み寄り、涼子との間に会話をかわした。フランス語の、それも早口だったので、ごく断片的にしか理解できなかったが、涼子がつぎのように指示したのは何とかわかった。

「エサはきちんとやっておいてね」

ペットでも飼いはじめたのかな。そう思ったが、それ以上、私は気にとめなかった。

第五章　ヤマガラシ奇談

I

新宿御苑での事件発生から、三日め。

午前九時に私は警視庁に出勤した。深紅のジャガーから降り立った私の姿を見て、やはり出勤してきた私服の同業者たちが、おどろいた表情をする。承知の上だ。成功したかどうかわからないが、せいぜい平然たるようすをつくって、玄関への階段を上った。

昨夜、私は官舎に帰らなかった。一二時ごろまで涼子とさまざまに打ちあわせをし、彼女はあちこちに電話をかけまくった。その後、私は客用寝室をあてがわれて一泊したのだ。朝食の後、涼子が愛車のジャガーを運転し、私を同乗させてくれたのである。

無用な誤解をさけるためには、警視庁のずっと手前で私だけ車を降り、歩いて登庁するという方法もあった。だが、そんな小細工は涼子も口に出さなかったし、私も、いいわけじみたことはしたくなかったのだ。

刑事部参事官室にはいると、涼子はすぐ問いあわせた。先々日以来の事件の鑑定結果についてである。返答は女王陛下を怒らせた。

「なに、まだ結果が出ないの!? 何グズグズしてるのかしら、まったく。こんな調子じゃ人類の絶滅までにまにあわないじゃない!」

いちおう私はたしなめてみた。

「二日やそこらで、科学的な結論は出ませんよ。科捜研《かそうけん》だけじゃ手におえないでしょうから、どこかの大学に協力を依頼することになります。どこに依頼するか決めるだけで、二日ぐらいかかります」

「それぐらい、あたしだって知ってるわよ。知った上でムチャをいってるの。いわずにいられないってこと、君、わからないのかなッ」

「すみません」

何でオレがあやまらなきゃならんのだ、とは思わなかった。一日も早く、一連の怪事件を解決しなければ、今日や明日にでもあらたな事件がおきるかもしれない。たたみかけるように、半日に一度のスピードで発生しているのだ。今日だって正午までに兇報が飛びこんでくるかもしれない。いや、そうなれば涼子はいっそよろこぶだろうが。

一連の事件が個々に独立したもので、それぞれに別の犯人が存在している——という可能性は、涼子によって一笑に付《ふ》された。たしかに私もそう思う。偶然の確率をこえているし、災害でも事故でもない以上、何者かの意思がはたらいているのは、疑問の余地がない。

女王さまはハイヒールのひびきも高らかに執務室を歩きまわった。熊のように、といいたいところだが、熊にしてはあでやかすぎる。

「担当者をどなりつけてやりたいけど、これがまた、どいつをどなればいいんだか……」

「それこそ、管轄の調整だけで、まだ手いっぱいでしょう。新宿御苑の件は公安部が直接やるとして、玉泉園の人食いボタルの件は池袋南署、都知事公館のネズミの件は富ヶ谷《とみや》署、防衛大臣が拉致された件は……」

「当然、公安部よね」

この会話の意味は、当人のほかは涼子と私にしかわからない。

防衛大臣については、九時三〇分になって情報がはいってきた。

防衛大臣は胆石《たんせき》の治療で入院した、というのが、政府の公式発表である。TVニュースの画面には、視線を伏せながらボソボソと発表する内閣官房長官の姿が映《うつ》っていた。倒産寸前の小さな銀行の支店長代理、という印象をあたえる中年男性だ。防衛大臣の件については、事実を知った上で平然とウソをついているのか、何も知らないのか、さてどちらだろう。

「とりあえず時間かせぎする気みたいね」

「かせげる時間は、せいぜい一週間でしょうね。それがすぎたら、失踪《しっそう》を公表するか、表向きの理由をつけて辞任させるかでしょう」

「どっちにしても、大臣の政治生命は風前のトモシビかあ」

涼子はうれしそうである。その点については、私はあえて指摘しなかった。

「防衛省の記者クラブも、現在のところ何もつかんでないようです」

「当然でしょ。記者クラブなんて、お役所の公式発表を丸写しするしか能がないんだから。自分の頭と手足を使って事件をさぐりあてる記者なんて、大昔のTVドラマのなかに存在するだけよ」

権力者から情報を恵んでもらい、それをフトコロにかかえこむことで、自分自身も権力者であるかのように思いあがる。あさましい話だが、大新聞の政治部記者あがりの評論家など、大半がそのタイプだ。

「政府がどんなにとりつくろおうと、への一番のほうで大臣の拉致について宣言文でも出せば、それまでね」

涼子がせせら笑う。今度は私は指摘した。

「たしかにそれまでですが、だとすると、あなたが公安部長の弱みにつけこんで暗躍《あんやく》する余地もなくなりますすよ」

「そうか」

うなずいてから、涼子は私をにらんだ。

「暗躍とは何よ。活躍とおいい！」

「失礼しました、おゆるしください」

「ゆるさない。あとでオトシマエつけるからね。ところで国家公安委員長は何かいってる？」

「別に何もいってないようです」

現在の国家公安委員長は女性である。若いころは美貌の映画女優として有名だった

そうで、同世代の丸岡警部にいわせると、

「山《やま》の手《て》の上品な若奥さまという感じだったよ。そのころにくらべると、うーん、体重が五割がた増えたみたいだなあ」

だそうである。

前任の国家公安委員長が忽然《こつぜん》と失踪してしまったので、思いもかけず後任になったのだ。悪人というわけではないが、どうも、警察機構を監督するという自覚にとぼしい女《ひと》で、右翼団体から政治献金を受けたり、暴力団関係者の結婚式に出席したり、自宅の家政婦さんを公設秘書にして給与に関する疑惑を指摘されたり、何かと問題が絶えない。

最初は「あつかいやすい大臣だ」といって喜んでいた警察の上層部《おえらがた》も、現在ではあきれかえって、まともに相手にしなくなった。国会での答弁書をきちんとつくって、一字一句まちがいなく読みあげてもらうことだけを期待している。漢字にはフリガナもつけているそうだ。

「まあ、警察のやることにいっさい口出ししないから、いいんじゃないの。というより、あの厚化粧のオバサン、そもそも警察になんかまったく関心ないしね」

というのが、涼子の評言である。

国家公安委員長なんてどうでもいいが、警察庁長官や警視総監はいくら何でも、もうすこししっかりしていてもらわないと困る。長官のほうは、テロ対策を視察するという名目で、なぜかラスベガスへ海外出張中だ。総監のほうは無能でも無責任でもないが、どこかずれている。この日、庁内の各部室をまわって第一線の部下たちをはげますとのことだったが、一〇時前に刑事部にあらわれると、第一声は自作の俳句だった。

「あなフシギ　冬でもなしに落葉かな」

墓場のような静寂、とは、まさにこのこと。新宿御苑の一件を詠《よ》んだものとはわかったが、反応のしようがない。一同を見まわすと、総監は、反応がないのをものたりなげに語をついだ。

「私も文人総監だなどと呼ばれておるからねえ。すこしはそれらしくせんと」

誰も呼んでいない。自称しているだけだ。まあ接待ゴルフと麻雀《マージャン》にしか興味のない関東管区警察局長よりはマシだが。

さらに総監は第二句を披露《ひろう》した。

「紫陽花《あじさい》の咲きはぐれたり　雨の音」

先ほどの句よりはマシなように思われた。だが、部下たちの心理を読めないという点では、まったくおなじである。

部下たちの顔を見まわして、総監はあきらかに傷ついたようであった。「どいつもこいつも文学を理解せんやつだ」と思ったことだろう。古来、詩人や哲学者とは孤独なものである。

「ではとにかく、みんな、一二〇〇万都民の信頼をうしなわないよう、努力してくれタマエ」

ごくまっとうな訓辞を残して、総監は去ろうとしたが、扉口《とぐち》で腕を組んでいる涼子の姿に視線をとめた。

「あ、薬師寺クン、一一時になったら私の部屋へ来てくれ。だいじな用件があるので、かならず来てくれよ」

総監は他のお偉方とちがい、ことさら涼子を敵視してはいないようだ。脅迫の材料になるような弱みがないのだろう。もしかしたら、それだけで名総監といえるかもしれない。

刑事部の大部屋を出て参事官室へと歩きながら、涼子と私はすこし会話をかわした。総監の俳句に対する文学的評価ではない。

「もしテロリストが東京の地下いたるところに爆発物をしかけて、いっせいに爆発させたらどうなりますかね」

「そんなくだらない事件だったら、お由紀にまかせるわよ」

「室町警視に、ですか」

「警備部の担当でしょ、爆弾テロなんて」

「まあ、それはたしかに」

「お由紀にピッタリじゃないの。一二〇〇万都民を人質として首都炎上をたくらむ兇悪なテロリストにたちむかう女性捜査官。安っぽい警察ドラマのヒロインに、あいつだったらほんとピッタリ。TV局に教えてやりたいわ」

「それじゃ警察をやめてTVプロデューサーにでもなったら？　お涼」

静かな声が背後から伝わってきた。不意をうたれて、涼子は身体ごと振り向く。身体を一八〇度ひるがえしたわけだが、三〇度ぐらいから表情をととのえて、一五〇度ぐらいで完全に開きなおりの態勢をととのえていたのだから、あっぱれというしかない。

「イヤねえ、立ち聞きなんかしちゃって」

室町由紀子と視線をあわせた瞬間に、そういい放った。由紀子の柳眉《りゅうび》が音もなくカーブを描く。

「立ち聞きなんかしてません！　あなたの声が大きすぎるし、第一ここは廊下よ」

「すわってたわけじゃないでしょ。立って聞いてれば立ち聞きよ。ほかにどういえっていうのさ」

何かいおうとする由紀子を半ばさえぎって涼子は過剰反撃を加えた。

「あんたこそ何で刑事部のフロアを用もないのにうろついてるのよ。スパイでもする気なの？」

用もないのに、と決めつけるあたりがすごいが、きまじめな由紀子はやや鼻白《はなじろ》んだようすで説明した。面会人が来ているとの連絡で玄関ホールへいこうとしたが、エレベーターが満員だったので階段をおりているところだったという。そういわれれば、そこは階段のすぐ近くだった。

II

「助役さん」

由紀子に面会を求めた人物の、それが第一声だった。やぼったいブレザーの制服を着こんだままの女子高校生だ。とくに美少女ではないが、健康的に頬が赤いのは、いまどき希少価値かもしれない。

由紀子を「助役さん」と呼んだのは、彼女がどこから来たのかを一言で判明させた。この日は平日なのだが、彼女の学校は創立記念日で休校なのだという。

「へえ、あの子がお由紀を訪ねてきたの」

涼子は珍獣でもながめるような、失礼な目つきをした。彼女は、「お由紀に面会したいなんて、どこのモノズキ?」といって、玄関までつけてきたのだ。でもって、私まで同行を命じられた次第である。

「そりゃまた僻遠《へきえん》の地から、はるばるやって来たものね。東京まで何日かかったか知らないけど、おつかれさま」

「首都圏ですよ」

「あら、そう?　ニホンオオカミやツチノコが出るって聞いたけど、けっこうかわいい女の子も産出してるじゃない」

少女は文字どおり目を丸くしている。涼子の美貌に圧倒されたのか、非常識な言動にたじろいだのか、かわいい子といわれてよろこぶべきなのか、たぶん本人にもわからないだろう。

やさしく笑って、由紀子が少女を廊下のソファーにみちびいた。

「よく来てくれたわね、アトさん。あまり長くは話せないのが残念だけど」

少女の名はアトというらしい。執務室にいれず、廊下のソファーにみちびいたのは、いかにも由紀子らしい行動だった。年下の少女を「さん」と呼ぶのも彼女らしい。アトとはどういう字を書くのだろう。つい立ち去りかねて、私は、ソファーにならんですわるふたりを見守った。

「金森《かなもり》さん——お祖父《じい》さんはお元気？　町の歴史や伝説やらをいろいろ教えていただいたけど」

「祖父は先月、亡くなりました」

由紀子は白い手を口もとにあてた。

「あら、そうだったの!?　まあ、知らなかった、ごめんなさいね。何で亡くなったのか、うかがっていいかしら」

「殺されたんです」

TVドラマなら効果音が大きくはいるところだ。由紀子がかるく息をのむ。私とならんで立っていた涼子まで、両眼に流星をきらめかせた。

「ヤマガラシのことで、だと思います」

思わず私は足を前に出していた。私より遠慮のない足どりで、涼子が歩み寄る。アトという少女は、手にしたカバンをあけると、その中から大型の封書をとり出し、由紀子に差し出した。

「祖父の死後、これが見つかったんです。鍵のかかる机の抽斗《ひきだし》の中から。宛名が助役さんになってました。だから持ってきました」

「わざわざとどけてくれたの、まあ、ありがとう」

礼を述べながらも、由紀子は少女の祖父のことが気になるようだ。私も同様である。殺されたとはおだやかではない。

涼子もスーツの腕を組んだまま、その場を離れようとしなかった。彼女の視線は、アトという少女と、由紀子に手渡された封書とに、等分に向けられている。正直な女《ひと》だな、と、場ちがいなおかしさを感じた。いくらヨコガミヤブリの涼子でも、由紀子の手から封書をひったくるというわけにはいかないらしい。

由紀子の視線が動いて、涼子と私の姿をとらえる。あわてて私は目礼《もくれい》した。由紀子は迷ったようだが、何やら思うところがあるのか、私たちを追いはらおうとはしなかった。左手に封書を持ったまま、いたわるように少女の手の甲にかるく自分の手をかさねる。

「で、地元の警察の人は何といってるの？」

「朝まで元気だったのに、庭で急に倒れて、身体のあちこちに虫に刺されたような痕《あと》があったんです。警察は事故だろうって……スズメバチにでも刺されたんだろうっていって、わたしが何いっても聞いてくれません」

「そうなの……」

「くり返していったら、こわい表情《かお》して、あまりいいかげんなことというと、あんたのほうをつかまえなきゃならんぞ、って……」

はあ。溜息が出た。

「このごろの警察は、存在しない犯罪をでっちあげるか、存在する犯罪をないことにしてしまうか、どちらかだ」

という識者の批判を読んだことがある。いくら何でもひどい誹謗《ひぼう》だ、と思っていたが、すくなくとも一般市民にそう感じさせる実例があるのだ、残念ながら。

いきなり涼子が口をはさんだ。

「こんなところで長話も何だし、あたしの部屋で話したら？」

「どうしてあなたの部屋で？」

「私事なんだから、執務室は使えないんでしょ、あんたらしくカタクルシイこと。あたしはあんたの公私《こうし》のケジメなんてどうでもいいけど、このお嬢ちゃんにお茶ぐらい出してやろうと思っただけよ」

涼子が少女を見すえた。

「おいで、お嬢ちゃん」

「は、はい」

女王陛下に命じられた、駆け出しの侍女さながら。ソファーから立ちあがると、踵《きびす》を返して闊歩《かっぽ》する涼子についていて歩き出そうとする。

「気が変わらないうちに、いきましょう」

私がささやくと、不本意そうではあったが由紀子もうなずいて立ちあがり、少女の肩に手をおいた。

「たしかに、ここではおちついた話はできないわね。いらっしゃい、アトさん、心配いらないわ」

涼子の本心がどうであれ、少女の話をくわしく聴《き》く時間と空間は、どうしても必要だった。もっとも、ロココ調に統一された涼子の執務室で、少女が心からおちつけたかどうかはあやしいものだ。

好奇心丸出しで、貝塚さとみ巡査が四人分のお茶をサービスしてくれた。うながされて少女が話し出す。祖父の死ぬ前に、何度か奇妙な電話があり、祖父は受話器に向かってどなり返しつつ、おびえたようすだったという。

由紀子をさしおいて、涼子が問いかけた。

「お嬢ちゃん、その電話をかけてきた相手の名前わかる？」

「く、黒林《くろばやし》だそうです。祖父がいってました」

「黒林？　もしかして、黒林道義《みちよし》っていわない？」

「下の名前はわかりません。でも黒林のほうはたしかです。めずらしい苗字《みようじ》だからよくおぼえてます」

「ヒットした」

涼子のつぶやきには、ずいぶん多くの意味がこめられていた。「黒林」という名を聞いて、私もおちついてはいられなかった。

「どういうこと、お涼？」

「どういうことですか、警視？」

由紀子と私の声がかさなる。アトという少女は狼狽したようにおとなたちを見まわす。

「もしかして黒林道義というのは……」

「そう、黒林道忠の孫よ」

「だとしたら、祖父が建てた建物の構造を知ってますね。それどころか、設計図を持ってるかもしれない」

「…………」

「怪人への一番の正体は、その黒林道義ということになるんですか」

いささか性急な私の質問に、涼子は即答しなかった。アトという少女に向けた視線は、意外なほど冷静である。

「それより、まず、お嬢ちゃんのお話を聴きたいわね。いいでしょ、お由紀」

III

あらためて少女は自己紹介した。姓名は金森吾友《あと》といい、亡くなった祖父の名は延《のぶ》孝《たか》というそうだ。

少女に寄りそうように由紀子がおなじソファーにすわり、涼子がその対面《トイメン》に腰をおろす。私は涼子の背後に立とうとしたのだが、

「君みたいにでかいのが対面に立ってたら、お嬢ちゃんが圧迫感をおぼえるでしょ。となりにおすわり」

涼子に指示されてそのとおりにする。私の表情や動作がおかしかったのだろう、少女がわずかに口もとをほころばせた。

少女が話しはじめるまで一〇秒たらずの間に、私は無言で思案をめぐらせた。美化せずにいえば、ない知恵をせいぜい働かせたのだ。こうなると少女の話を聴くしかないのだが、私には状況に対してかるい違和感があった。のんびりと、とはいえないが、都内で怪事件が続発し、防衛大臣まで拉致されたというのに、こんなことをしていていいのかな、という気分である。

だが、すぐに私は反省した。目前の案件を軽視し、市民の切実な声に耳を貸そうとしない態度が、警察に対する不信感をはぐくむにちがいない。警視総監に呼ばれた時刻を気にしながらも、ソファーにすわりこんで少女の話を聴くことにした。

やさしく由紀子が話しかける。

「お祖父《じい》さん、それまではご機嫌どうだった？」

「祖父はすごく機嫌が悪かったんです」

「どうして？」

「町村合併で、あたらしい市ができて、わたしたちの町、なくなっちゃうんです」

「まあ、そうなの。金森さんだけではなくて、わたしにとっても残念だわ」

「それだけじゃなくて、あたらしい市の名前がひどいって……」

「どんな名前？」

と、涼子が割りこむ。トラブルを期待して、両眼がきらめいている。こまった女《ひと》だ。

「かんとうちゅうおう市っていうんです」

三人のおとなが、発音を漢字に変換しようとしていると、少女がつづけた。

「ひらがなです。関東地方のほぼ中央にあるから、関東中央市。でもって、ひらがなの名前のほうが流行してるからって……」

「ハッ」

涼子があざ笑う。もちろん少女をではない。由紀子もあきれたような表情を隠しきれずに尋ねた。

「その名前、住民投票で決まったの？」

「とんでもない、誰がどうやって選んだ人たちか知らないけど、審議会とかいう人たちがかってに決めたんです。祖父はすごく怒って、あいつらは日本語の敵だ、鎌倉時代からつづく古い地名をかってに抹殺《まっさつ》する権利を誰からもらった、っていってました」

「そうなのよ、役人ってやつは日本語の敵なの。歴史のある地名を破壊することが大好きなのよね。ほら、四国や九州でも……」

「お涼、悪いけど、ちょっとだまってて」

由紀子が声をおさえる。柳眉《りゅうび》をさかだてて反論すると思いきや、不満げに涼子は紅《こう》唇《しん》を閉ざした。さすがに話がそれかけたことに気づいたらしい。けっこうなことである。

「これがヤマガラシに関して、祖父が整理してた資料です。ほんの一部で、コピーしてあったものですけど」

たしかにほんの一部だろう。Ａ４のコピー用紙が三枚ほどしかない。

「実物はないのね」

「だから、とられちゃったんです」

「盗まれたの？」

「いえ、だましとられたんです」

少女の説明によると、東京から訪ねてきた黒林という男は、金森老人につぎのように説《と》いたという。

「これほど貴重な資料を、埋もれさせたままにしておくのは、もったいない。私にあずけなさい。東京の大きな出版社に話をつけて、本にしてあげよう」

地方文化人を相手とする詐欺《さぎ》の、典型的なパターンである。自分が正当に評価されていない、という思いの強い人が被害者になってしまう。出版費用が必要だといわれて、金銭まで巻きあげられてしまう例もあるが、金森老人の場合それはなかったようである。

ダンボール五箱分ほどの資料を、黒林はすべて持ち去ってしまった。助手らしい男にワゴンを運転させて金森家に乗りつけ、運び出したのである。

金森老人は出版社からの連絡を待った。一年近く待ち、ついにたまりかねて、こちらから連絡することにした。渡された名刺《めいし》を見て、直接、東京に電話したのだ。

黒林というのは本名だったわけだ。詐欺にしては間《ま》がぬけているような気もするが、金森老人を油断させるためか、本人に詐欺の意識がなかったのか。いずれにしても、連絡こそとれたが、黒林の態度は非礼きわまるものだった。金森老人の抗議を、妄想によるものと決めつけ、場合によっては名誉毀損《きそん》で告訴する、と通告してきたのだ。その通告文が、弁護士の名で、内容証明つきで送られてきたので、金森老人は青くなってしまった。

その後すっかり元気をなくし、家族も心配していたのだが、町村合併後の新市名が

「かんとうちゅうおう市」だと知って怒りだした。怒りがエネルギー源となったようで、「ヤマガラシ」研究の出版についても、泣き寝入りはやめようと決心したらしい。ふたたび黒林に連絡をとった。くりかえし、脅迫や恫喝《どうかつ》の電話がかかり、気味悪く思いながらも黒林への抗議をつづけたのだ。

そして、ついに黒林から、東京で会う、という約束をとりつけた矢先、金森老人は急死したのである。公民館の図書室へ出かけ、帰宅と同時に倒れ、そのまま息を引きとった。村の診療所の医師は「急性心不全」と診断したが、吾友は納得できなかった。祖父が生前、孫娘に、真剣な表情で告げたことがあるのだ。

「じいちゃんが変な死にかたをしたら、あの黒林というやつに殺されたんだ。警察にそういってくれよ」

孫娘は忠実に祖父の依頼を守った。それが功を奏《そう》さず、思いあまって「助役さん」を訪ねてきたというわけだ。

由紀子は少女の肩を抱くようにしていたわった。

「大変だったわね、そのことについては、きちんと対処させていただくわ」

「この女《ひと》がいうからまちがいないよ」

つい私は口ぞえしてしまった。とたんに涼子のヒールが私の靴の甲を踏んづける。

私の態度の微妙な変化に、少女は気づかなかったようだ。

「はい、助役さん、おねがいします」

「それじゃ、お嬢ちゃん、コピーを見せてちょうだい」

私の靴の上でヒールをかるくひねって、涼子が少女に求めた。かがやくようにあでやかな笑みを浮かべながら、だから、つくづくおそろしい。踏まれた足の甲はたいして痛いわけではなかったが、私を自戒かつ自粛させるに充分だった。

三枚のコピーが応接テーブルの上に並べられた。金森老人の自筆らしいが、どうやら筆ペンを使ってあり、我流《がりゅう》でくずしてあるので、正直なところ読みづらい。また、ところどころ旧仮名遣《きゅうかなづか》いになっているのは、古文書を引用した部分らしい。出版が実現するとしても、これを活字化するには、けっこう手間がかかるだろう。

「ええと、これは……『関八州古風土記《かんはっしゅうこふどき》』と読むのかしらね」

「これは『は』、いえ、ちがうわ、変体仮名《へんたいがな》の『の』よね」

「御家人《ごけにん》、というのは江戸時代じゃなくて鎌倉時代のでしょうかねえ」

大のおとなが三人がかりで、いまさらながら古文の読解に苦しむことになった。感心なことに、涼子の執務室にあるマホガニー製の書棚には古語辞典が置かれていたので、利用させてもらったが、いや、古語辞典などひくのは何年ぶりのことだろう。現役の高校生もいるのだが、理科系のクラスなので、古文みたいなムダな教科はやらなくていい、といわれているそうだ。真偽《しんぎ》のほどはともかく、戦力にはならない。

それでも何とか大要はわかった。五〇〇年前、関東一帯を後北条氏《ごほうじょう》が支配していたころ、「山枯らし」と呼ばれる現象がこの土地でおきたのだ。人々は巨大な妖怪のしわざとして恐れた。そのことがいくつもの文献から引かれているのだ。『関八州古風土記』によると、

「一夜明ケタルニ、一山ノ草木コトゴトク枯レタリケリ」

さらりと記してあるが、想像すると、戦慄するような情景である。

山というよりは丘なのだろうが、クヌギ、クリ、ナラなど樹木と草につつまれた緑の里山が一夜にして禿山《はげやま》になったのだから、住民もさぞおどろいただろう。

「これを読むかぎり、新宿御苑を枯野原にした犯人は、ヤマガラシだとしか思えないわよね」

「実在するとしたらね」

私のいいたい正論を、かわりに由紀子がいってくれた。涼子はおかまいなしに、楽しげな口調でつづける。

「ヤマガラシの正体は、植物か動物か、それとも鉱物か……」

「え、鉱物ですか」

「そうよ、土か岩石自体が生命を持っているかもしれないでしょ」

「うーん……」

子どものころ読んだ宇宙SFを、私は思い出した。恒星間空間を探査する宇宙船が、未知の惑星や衛星でつぎつぎと怪生物に出くわす、というお話だ。たぶんヴァン・ヴォークトの『宇宙船ビーグル号の冒険』だったと思うが、児童向けに書かれた亜流作品だったかもしれない。そのなかに、鉱物生命とか金属生物とか、電気生命とかガス生物とか、ずいぶんいろいろと怪物が登場していたものだ。

ここで私は根本的な疑問にとらわれた。私が大学を卒業して就職したのは、どこの組織だったろう。たしか警視庁だったはずだ。断じて地球防衛隊や宇宙艦隊ではない。

「鎌倉ニ住メル学僧ノ曰《イワ》ク、山枯ラシナルハ地ノ底ニ棲《ス》ミテ山川草木ノ気ヲ吸ヒ、コトゴトク老衰枯死《こし》サスルナリ……『関八州古風土記』にはたしかにそう書いてあるようだけど……」

由紀子がほっそりした指先を下唇にあてて考えこむ。と、ひときわ思いつめた表情で、いきなり少女が立ちあがり、何度もくりかえして深く頭をさげた。

「おねがいです、おじいちゃんの仇《かたき》を討ってください。さっきも、助役さんにおねがいしたけど、何度でもおねがいします」

「祖父」といわず「おじいちゃん」といったところに、少女の昂《たか》ぶった感情があらわれている。

「おじいちゃん、かわいそうです。頑固《がんこ》で口やかましかったけど、悪いことは何もしてないし、自分が何十年もひとりで研究してたことが、ようやく本になる、と思って楽しみにしてたのに裏切られて……仇を討ってあげて、お墓に報告してあげないと……」

少女は涙声になる。由紀子が少女の手をにぎった。涼子が男っぽい動作で胸をたたく。

「まかしとき、お嬢ちゃん、警察はね、自分以外の悪いやつをやっつけるために存在してるんだから。かならず仇を討ってあげる！」

私はいちおう忠告してみた。

「いいんですか、そんな約束をして」

「いまさら何いってるの。犯人は黒林に決まってるでしょ。それとも他に容疑者がいるとでもいうなら、いってごらん」

「いや、それはいませんが……そもそも殺人かどうか……証拠が……」

私の口調が弱くなる。少女の話を聴くかぎり、状況証拠は充分すぎるほどだ。だが物証はない。金森老人の遺体も、当然、火葬に付《ふ》されているわけだから、遺骨の鑑定も必要になる。しかも鑑定の結果がどう出るかわからない。

それでも、涼子は正しいのだ。すくなくとも、私より正しい。こんなとき「まかしとき」と応じられないような人間が、警察官になってはいけないのだ。たとえ涼子の邪悪な本心が、別のところにあるとしても。

「黒林は生物兵器を研究してたらしいの。具体的には昆虫だけどね。スズメバチ、ゴキブリ、ホタル、クロアリ、バッタ……」

涼子が指を折っていくと、由紀子が不快そうにかるく肩をすくめた。

「だから黒林のやつ、それこそスズメバチでも使って、金森のおじいちゃんを永遠にだまらせたにちがいないのよ！」

「で、お涼、黒林って結局、何者なの？　知っていることを教えてちょうだい」

それは私も知りたいところだ。少女もふくめて三対の視線が集中すると、涼子は得々《とくとく》として話しはじめた。

Ⅳ

黒林道義は建築家・黒林道忠の孫として生まれた。防疫《ぼうえき》学者で、農学博士号を持っている。農作物に害をあたえる害虫や害獣について研究し、国立研究所で教授待遇の上席研究員をつとめていた。

もともとはまともな学者だったのだが、いつのまにか変になってしまった。強大な外敵が日本を攻撃してくる、という妄想にとりつかれたのだ。

「ソ連はかならず日本に攻めてくる。やつらの核兵器に対抗するには、こちらも核兵器を持つべきだが、バカなやつらがいて、それに反対しおる。そこで提唱する。生物兵器を使うのだ！　一〇〇万のソ連兵が日本に上陸してきたら、一億匹のスズメバチを放って、やつらを皆殺しにするのだ！」

まだソビエト連邦という国が存在したころの話である。熱狂的な態度で、黒林博士は、生物兵器の研究開発にとりくんだ。

だが、ソ連という国は、どこまでも黒林博士に対して意地悪だった。博士の偉大な研究が完成しないうちに、さっさと崩壊してしまったのだ。ソ連を滅ぼすという大望をくじかれて、黒林博士はガッカリしたが、気をとりなおした。まだまだ、日本にアダをなす外国はいくらでもある、かならず生物兵器が役に立つ日が来るにちがいない……。

ところが、事件がおこった。惨事というか珍事というか、二一世紀になって農林水産大臣が研究所を視察におとずれたとき、黒林博士は、ぜひとも自分の研究成果を大臣に見てもらおうと奮《ふる》いたったのだ。じつのところ、博士の研究は、彼の偉大さを理解しようとしないオロカな官僚たちににらまれ、予算をけずられる一方だったので、そろそろ起死回生《きしかいせい》のパフォーマンスが必要だったのである。

研究所の幹部たちは、黒林博士の不穏な言動を警戒し、大臣から遠ざけようとした。彼らの制止を振りきった博士は、大臣の鼻先で手にしたガラス瓶の蓋《ふた》をあけたのだ。

「これをごらんください、大臣！」

とび出したスズメバチが、大臣の鼻を太い針で突き刺す。悲鳴とともに大臣はひっくりかえった。不運な大臣の鼻は、かの高名なる偉人・お茶の水博士のそれのごとく膨《ふく》れあがり、救急車で病院へ直行するはめになったのだ。

大臣の鼻は一〇日ほどでもとのサイズにもどったが、もはや黒林博士は研究所にいられなくなってしまった。大臣の鼻の体積を三倍にしただけでも問題なのだが、かてて加えて収賄《しゅうわい》の事実が発覚したのだ。

黒林博士は研究所に出入りする実験器械のメーカーから、寄付の名目で何百万円もの金銭を巻きあげていた。メーカーがたまりかねて、農林水産省の次官に直訴したのである。

査問を受けても、黒林博士は、いっこうに悪びれなかった。

「自分は国家のために研究をつづけておる。本来なら国家が研究費を出すべきだ。だが出さないのだから、理解ある有志から義援《ぎえん》の寄付を受けとっただけだ。何が悪い!?」

その態度が悪いのだ、ということになって、誰もかばってくれず、黒林博士は起訴され、研究所を懲戒免職になった。裁判では、一審で有罪判決が出て、懲役一年。もちろん黒林博士は控訴《こうそ》したが、二審でも有罪はくつがえらなかった。

「黒林博士は上告《じょうこく》したんでしょうね」

「もちろん」

「結果は出たんですか」

「まだなの。最高裁判所の判決が出るのが、じつは来月になってすぐなの」

明々白々な新証拠でも出ないかぎり、黒林博士の有罪判決がくつがえるはずはない。反省や悔悟《かいご》の色もない以上、執行猶予がつくこともないだろう。このままいけば、黒林博士は刑務所行きをまぬがれない。そうなる前に、カタをつけようとしたのか。

ここで私は確認の必要を感じた。そもそも涼子はどのようにして、一連の事件と黒林博士とを関連づけたのか。

「ああ、そのこと？　いったでしょ、祖父の黒林道忠が双日閣を建てた、って」

黒林道忠のことを調べていて、孫である道義の存在に気づき、彼がかなり問題のある人物であることを知った、というのだ。それはそれで納得するとしても、いま私の胸には、あらたな疑問がきざしていた。

「黒林道義は、いま何歳ですか」

「六〇歳ぐらいでしょ」

「六〇歳、ですか」

「どうしたの、何か気になることでも？」

不審な点がある。昨夜、私がゼンドーレン集会場の天井で見た黒影がへの一番だとすれば、黒林とは別人だ。あのしなやかな若々しい身体つきは、六〇代の、初老の男性のものではない。絶対にちがう。

涼子が視線で私の表情をさぐった。

「泉田クン、なに考えこんでるのよ、まだ気になることがあるの？」

「ええ、疑問がありまして」

「いってごらん」

「への一番には共犯がいるのでしょうか」

室町由紀子と金森吾友が、おどろいたように私を見た。もっともなことだ。彼女たちは、への一番という恣意《しい》的なコードネームを知らない。

「共犯がねえ……いるとしたら、への二番って呼んであげようか」

涼子は意地悪そうに笑った。

「で、どうして共犯がいると思うの？」

「あの、泉田警部補、への一番って何のこと？」

由紀子も私に問う。涼子に問うても、まともに答えないとわかっているからだ。

「すみません、後で説明いたしますので」

由紀子に一礼して、私は涼子のほうの質問に答えた。

「昨晩《ゆうべ》ほんのすこし見えただけですが、あの身体つきや動作のしなやかなこと、とても老人のものじゃありませんよ」

「若い男ってこと？」

「そうですね、若い……」

男、といおうとして、私の声帯に何かがひっかかった。何か、そう、重要なことを私は思い出しかけている。その自覚があった。

私の表情に、するどく視線を走らせた涼子が、いきなりソファーから立ちあがった。

「あら、もうこんな時間」

じつにわざとらしい動作で、パリで買った腕時計をのぞきこんだ。ブランド品のヴィクトール・ガデラだ。

「泉田クン、いくわよ」

「どこへです」

「日本で五番めにヘタクソな俳句をつくるオジサンのところ」

警視総監のことだ。たしかに総監はこの時刻に涼子を呼んだ。だがそれは涼子だけのはずだ。私ごとき下っぱは呼ばれていない。

「いいのよ、どうせ総監だってオトモをつれてるにちがいないんだから。だまってついておいで、召使い」

さからってもムダだ。私は由紀子に一礼すると、ふんぞりかえって闊歩《かっぽ》する涼子の後にしたがった。このままだと、由紀子と少女を取りのこすことになってしまうところだったが、涼子はドアの前で振り返った。

「お嬢ちゃん、あたしたちがもどってくるまで、ここにいていいわよ。どうせ長くはかからないから」

あえて由紀子に言及しないのは、去就《きょしゅう》に迷わせてやろうという意地悪さからにちがいない。どうしようもなく無言を守って、私は女王陛下のオトモをした。

エレベーターの内部《なか》で口を開く。内容はどうでもいいことだ。

「ところで、どうして総監は日本で五番めなんです？」

「日本じゃ小学一年生だって俳句をつくるのよ。総監よりヘタなやつが四人ぐらいはいるでしょ」

ことさら反論する必要も義務もない。エレベーターの扉が開くと、総監室だ。ドアの前に専用の受付があり、制服姿の婦人警官がカウンターに着いている。ベテランらしいその女性は、涼子を見ると一瞬で表情をととのえ、目礼してインターコムで室内に連絡した。

総監はソファーにすわって待っていた。

総監の左右には、たしかにオトモがいた。ずいぶんと大物だ。公安部長と刑事部長である。ともに五〇代前半の紳士で、同期のキャリア組。当然、仲が悪い。刑事部長は公安部長を「出世だけが目的の権力亡者」とののしっているし、公安部長は刑事部長を「自分がかわいいだけのコトナカレ主義者」とせせら笑っている。

私のような下っぱが、なぜ雲上人《うんじょうびと》たちのそういう関係を知っているかと問われれば、閉鎖社会によくあることで、「噂の針は鉄の壁をつらぬく」とだけ答えておこう。じつのところ、噂がまったくのデマだとしても、下っぱとしては、たいして関係ない。

「ひとりで来なかったのかね」

公安部長の声も表情も、昨夜のゼンドーレンでの件を忘れさったかのよう。私を見ても顔面筋肉のひとすじすら動かさない。下っぱの顔など、事実、おぼえていないのだろう。

冷然と涼子が応じる。

「つれを帰せとおっしゃるんですの？」

「いやいや、その必要はない。泉田警部補もいてくれタマエ。さて、お茶を出すような用件でもないから、すぐ本題にはいるが、まあもう察しているだろう。新宿御苑や玉泉園やらの件だ」

「犯人でしたら、わかっておりますわ」

涼子の反応は、通常のステップを三段階ほど飛躍している。仰天したようなお偉方《えらがた》三人の前で、さっさと対面のソファーにすわった。今度は私はつつましく彼女の背後にひかえる。

「わかってるって、君……」

「犯人の名は、への一番です」

「へ、への一番……!?」

仲の悪い刑事部長と公安部長が、バリトンで合唱した。総監がまばたきする。

「そういう名前のやつなのかね」

「ええ、本人がそう名乗っておりますの」

ウソである。だが、私がでしゃばって訂正する必要もあるまい。

「どうも、センスのよくないやつのようだね。そういえば、ずいぶん昔に『キツネ目の男』などという不審人物がいたなあ」

関西方面での事件ながら、刑事部と公安部との無用な対立から、未解決に終わった事件のひとつである。ふたりのキャリア部長は、それぞれの顔立ちに応じて不快げな表情をひらめかせたが、そのまま無言で涼子と総監を見守った。

さすがに上司三人の前だからか、単なる気まぐれか、涼子は長い脚を組まず、完璧な形のひざをそろえてすわっている。彼女の背後に立つ私としては、直接、その表情を見ることができない。お偉方の表情から、間接的に推測するしかないのだが、どうにも判断がつかなかった。

第六章　文人《ぶんじん》総監のユーウツ

I

沈黙を破ったのは刑事部長だった。わざとらしいせきばらいをひとつ、さらにわざとらしい横目づかいで公安部長を見やる。

「新宿御苑に玉泉園に都知事公館、いずれも公安部があつかっているが、どうも目に見えた成果があがっていない。都民の不安が解消されておらんのが問題でね」

公安部長が眼を白く光らせて反駁《はんばく》した。

「まだ三日めだ、重大な事案だからこそ慎重に捜査している」

「ほほう、慎重にね。公安さんらしくもない、とっくに見込み捜査にはいってるものと思っていたよ」

「あいにくと、刑事部ほどわかりやすい事案をあつかってはおらんのでね」

不意に総監が一句詠《よ》みあげた。

「仲良きは美しきかな　梅雨《つゆ》の空」

刑事部長と公安部長が絶句すると、総監は腹の上で両手の指を組んで涼子を見やった。

「何ごとも拙速《せつそく》はつつしまねばならんのだが、都知事まで入院したことで、外部の声がうるさい。副知事たちが、警察のやりかたは手ぬるいので、独自に『首都戦士東京』を動かして捜査する、などといい出した」

「首都戦士東京」というのは、ずいぶんセンスの悪い名だが、都知事のバックアップを受けて誕生した自警団グループのことだ。オレンジとグリーンの縞模様の制服を着て、夜の繁華街を集団でパトロールしている。酔っぱらって他人にからんだり、歩道を無灯火で自転車を走らせたりする輩《やから》を摘発して、それなりに都民の人気を得ている。いったいどうやったのか、警察の先をこして、放火犯や麻薬の売人をつかまえたこともあるのだ。

最初のうちは「民間人として警察のおてつだいをさせていただく」と低姿勢だったのだが、ＴＶや雑誌の取材を受け、妙な人気が出てくると、しだいに態度がでかくなってきた。このごろ「警察より我々のほうが頼りになる」などといいはじめて、警視庁首脳部は不愉快に思っているらしい。

涼子が応じた。

「首都ナントカごとき素人《しろうと》どもに、手も口も出させやいたしませんわ。あたしはすでに一連の事件の犯人について動機も把握しておりますのよ」

「動機までわかっているのかね」

「ええ」

「わかっているなら教えてくれ」

公安部長が口を出す。他人の功を横奪《よこど》りするつもりか、といいたくなるような目つきだ。涼子の返答は、彼の想像を絶した。

「無料《タダ》で？」

「タ、タ、タダでって……」

公安部長は目を白黒させ、刑事部長は無言で天をあおいだ。警視総監は腹の上に組んだ手の指を、やたらに動かした。

「薬師寺クン、犯罪者についての情報を、捜査当局で共有するのは、何というか、当然のことであり、正しいことでもあると思うのだが……」

「オホホ、もちろん存じておりますとも。ジョークですわよ。情報というものがいかに貴重か、ほほえましく納得していただきたかっただけですの」

いったいどこが、ほほえましいんだか。

「で、への一番とやらの犯行動機は何なのかね」

卑屈さ丸出しの声で、ふたたび公安部長が尋ねると、美しい魔女は即答した。

「復讐ですわ」

「復讐……？」

「と申しましても、予習復習の復習じゃございませんわよ。下品なアメリカ語で申しますと、リベンジ、ですわ」

「まあそれはわかるが……しかし、への一番は誰に対して何を復讐しようとしているのかね」

総監の質問に対して、涼子はよどみなく答えた。内容は、すでに私が知らされたことだ。話の中に、黒林道義という名が出ると、三人のエリート警察官僚は、視線をかわしあい、たがいに頭《かぶり》を振った。警察のブラックリストに載《の》っていたとしても、お偉《えら》方《がた》の知る名ではなかったらしい。

涼子がいちおう話し終えると、公安部長が舌打ちした。

「要するに、マッド・サイエンティストのテロリストか。始末に悪いな」

「あら、テロリストじゃありませんわ。テロを憎む愛国者ですわよ」

「そういわれてもなあ」

刑事部長が苦虫《にがむし》をかみつぶしてみせた。

「だいたいテロリストの九九パーセントは、自分は愛国者で信心深い、と思いこんでるものだし……」

「テロをとりしまる側《がわ》と同様にね」

涼子の皮肉は毒が強すぎたので、三人のエリート警察官僚は気まずそうにだまりこんだ。沈黙が重みをます寸前、涼子がそれを破る。

「いずれにしても、お三方《さんかた》のお手をわずらわせるまでもございませんわ。捜査の費用もふくめ、どうかあたしにすべておまかせください」

薬師寺涼子が何をやっても許容される理由のひとつは、つねに「自分のフトコロに手をつっこむ」ことにある。

何十億円という裏金《ウラガネ》が何に費《つか》われているか。実際に捜査のために費われているならまだしも、そうではない。幹部たちが好きかってに費っているのだ。ゴルフにマージャン、宴会に贈答品買い。すべては内外の人脈づくり、派閥づくりのためである。それにくらべれば、涼子のほうがリッパに見えるのだ。たとえ錯覚だとしても。

総監が、もったいぶって深々とうなずいた。

「薬師寺クンが犯罪捜査のために惜しみなく私財《しざい》を投じてくれることは、まことに得がたいことだ。何しろこの不況で、予算もけずられる一方だからね。パトカーもふやせないし、交番も維持できない。頭が痛いことだ」

三人のエリート警察官僚が、溜息の三重奏をかなでる。私にはいいたいことがヒマラヤ山脈ほどあったが、だまっていた。どうせ、私がいいたくないこともふくめて、涼子がいうだろう。そう思っていたらそのとおりだった。

「条件がありますわ」

「またかね」

ふたたび公安部長と刑事部長が合唱したが、涼子の高笑いに粉砕された。

「局面が変化するたびに、条件も変わる。当然ざましょ、オホホ」

どう見ても、悪役の言動である。私の眼下で、涼子の茶色の髪が活発に揺れた。

溜息まじりに総監が問う。

「どんな条件かね」

「警備部の参事官に、室町由紀子というのがおりますでしょ？」

「ああ、いる。君の同期だったな」

「アレをあたしの下につけてくださいな」

総監たちが顔を見あわせる。私は思わず行動してしまった。ソファーの背を手でつかみ、涼子の側頭部に顔を寄せる。

「やめてください、警視」

「どうしてよ」

「特命を受けたのをいいことに、同期生をいびってやろうなんて、フェアじゃありませんよ」

「あら、あたしはお由紀の能力を高く評価してるのよ。だからぜひ、あたしを補佐してほしいと思ってるだけ。それをトヤカクいうなんて、邪推《じゃすい》もホドホドにしてほしいわ」

私をかえりみて、涼子は胸をそらす。その表情は奸悪《かんあく》な陰謀家、というより、単なるイジメっ子である。

三人のエリート警察官僚は、顔を寄せあった。ほとんど声を出さず、口の開閉も最小限にとどめている。だが、結論が出るまで、長い時間はかからなかった。

「えー、薬師寺クン、異例のことではあるが、何ごとも捜査のため、事件解決のた

め、社会秩序を守るため、警察の威信のため……」

「先ほどの件、ＯＫですのね」

「そ、そうだ。警備部の室町警視を君に協力させる。彼女も、すぐれた公僕《こうぼく》精神の持ち主だからして、協力をこばむようなことは、けっしてないだろう」

他人を犠牲にすることをためらうようでは、この国でエリート面《づら》などできないのだ。

涼子がソファーから立ちあがって、いかにもわざとらしく敬礼した。室町由紀子の不運がこれで決定したのだ。

涼子がドアへと歩き出し、私がつづこうとしたときである。

「あー、泉田クン、君はちょっと残ってくれタマエ。とくに話があるわけではないが、ほんのちょっとだね」

何と総監が私の名を呼んだ。

II

ドアが閉ざされると、たちまち私は三人のエリート警察官僚に三方をかこまれた。

たかがノンキャリアの警部補ひとりに、過分《かぶん》なことである。

「わかっとるね、泉田クン、君は警視庁に所属する何百人もの警部補のなかで、もっとも重要な任務に従事しておるんだぞ」

「はあ」

「警視庁をゆるがす危機《クライシス》に対して、自覚をもってあたってくれタマエ」

「あの人がおこすのはトラブルであって、危機《クライシス》ではないと思いますが……」

「彼女の存在自体が危機なのだ」

総監はいいきり、私は反論できなかった。どれほどアホらしいものであっても、彼らが危機感を抱いていることはたしかだ。ざまあ見ろ、という気がするが、わざわざそれを口にする必要はない。それにしても、警視庁に奉職《ほうしょく》して一〇年、どんどん初心から離れていくような気もする。眼前にいるエリートたちとはべつの意味で。

公安部長がひときわ陰険な口調で話しかけてきた。

「毒をもって毒を制す。これこそ賢者の採《と》るべき方策《みち》なのだよ、泉田クン、わかるね」

「はあ……」

「わかるね。わかってもらわなきゃこまるんだ。犠牲は……いや……」

さすがに気づいて、いいかえる。

「……負担は最小限におさえておきたいからねえ」

「しかし、そうなりますと、私はさしずめ毒味役ということになりますか」

せいぜい皮肉を効《き》かせたつもりだったが、三人のエリート警察官僚には通じなかったらしい。

「いや、君は、そう、たとえていえばカナリアだな」

「カナリア、ですか」

「うむ、知ってるだろう、ほら、二〇世紀の終わりごろ、カルト教団の本拠地を捜索した機動隊員が、毒ガスにそなえてカナリアをつれていったじゃないか」

なるほどね。私は諒解《りようかい》した。つまり大怪獣お涼が毒ガスを吐き出すとき、まっさきに私が倒れる。それを見た幹部たちは、いそいで安全な場所へ逃げ出す、というわけだ。なかなかの名案に思われるが、彼らが見落としている点がひとつある。私に毒の耐性ができているのではないか、という点だ。私が涼子の隣に平気で立っているのに、離れた場所で総監や部長たちがばたばた倒れる、という光景だってありえるわけである。

もちろん私は、そんな考えを口に出したりしなかった。しがないノンキャリアにだって、それなりの処世術がある。私はせいぜいつつましやかな態度で答えた。

「微力の身ですが、最善をつくさせていただきます」

「うん、ま、よろしく頼むよ」

総監がうなずくと、刑事部長が、すがるような目つきをした。

「ホントに、君、よろしく頼んだからな」

まかりまちがって責任をとらされてはたまらない、という心情はホンモノだろう。

「ではこれで失礼させていただきます」

敬礼して、踵《きびす》を返す。背中に視線を感じながら、できるだけ自然にドアを開け、廊下へ出た。

溜息が出るのは自制したが、短時間のうちに肩がこってしまっている。自分で肩をたたきながらエレベーターホールまで歩くと、途中、涼子が腕組みしながら待っていた。

「すみません、お待たせしました」

「どう、あいつら、特別ボーナスでも約束してくれた？」

「いえ、そういうことはいっさい……」

「ケチなやつらね。年度が変わって、裏金《ウラガネ》に余裕があるはずなのに」

ハイヒールを鳴らして涼子が歩き出す。半歩おくれて、私はしたがったが、何気なく肩ごしに振り返ると、誰かがあわてて総監室のドアを閉めた。こっそりドアを開《あ》けて、涼子や私のようすをうかがっていたらしい。

何だかなあ。

薬師寺涼子が額縁《ガクブチ》つきの危険人物であることは、まちがいない。だからといって、私までが警戒されるのは、どうにも納得しがたい。

そもそも総監たちの真意は奈辺《どのあたり》にあるか。

涼子が成功すれば、後のフォローはする。ついでに功績も分けあう。逆に失敗すれば、もちろん見殺し。すべての責任は涼子に押しつけられ、しかも上層部は自分たちの手を汚さずに、危険きわまる「ドラよけお涼」を排除できる。めでたしめでたしというわけだ。

エレベーターに乗りこむと、私は低声《こごえ》で尋ねた。

「念のためにうかがいますが、あなたはあれでいいんですね」

「あれって何よ」

手短《てみじか》に私が総監たちから何をいわれたか説明すると、

「もちろんいいわよ」

ニコヤカに涼子は断言した。

「第一に、あたしは失敗しない」

「はあ」

「第二に、あいつらがあたしを利用したつもりで、ささやかなシアワセにひたっていられるなら、そうさせておいて別に害はないしね」

皮肉っぽく監視カメラを見すえる。

「ジャマするなら蹴散らしてやるけど、スケールの小さなやつらと共存するのも、人生のうちだしね。ま、あたしの理想どおりの世の中ができるまで、すこしのシンボウよ」

美女の眼が光るのを「瞳に星が宿る」と表現するが、涼子の場合、瞳に宿るのは超新星《スーパー・ノヴァ》である。危なくてしようがない。

エレベーターを降りる。ドアが開いたとき、降りる者を待たずに乗りこんでこようとした無礼者が、涼子の一瞥《いちべつ》を受け、うろたえて後退した。降りてからも会話がつづく。

「すると、あなたにとって理想の世の中とはどんなものなんです？」

「そうね、すくなくとも二週間に一度は、天下の一大事とか、日本国存亡《そんぼう》の危機とかが来て、楽しませてほしいわよね」

それでは日本国がたまらない。建国以来、まあ一五〇〇年かそこらだと思うが、紆《う》余曲折《よきょくせつ》をへて何とか二一世紀を迎えることができたのだから、「亡」よりは「存」の方向へいってほしいものである。

「ま、こんなチンケな騒動、今日のうちにきれいさっぱり決着《かた》をつけるからさ、泉田クンもいろいろと準備しておいてよ」

涼子はそういって、私が開けた参事官室のドアをくぐった。

金森吾友《あと》という少女は、隅の椅子にすわっていた。貝塚さとみ巡査が相手をしている。何やら写真集らしき本をひろげて会話をかわしているが、活発そうな印象だった。どうやら懸案《けんあん》をかたづけて、元気が出てきたらしい。

「ご苦労さま」

「あ、この子、有望ですよ、警部補」

「有望？」

「香港電影《シネマ》七十二大明星《スター》の写真集を見せたら、半分以上、知ってました。残りもこの場でおぼえちゃいましたよ」

「香港フリークの後継者にでもするつもりかい」

「後継者どころか、すでにライバルですよお」

ややおおげさに貝塚さとみが感歎してみせると、金森吾友が笑顔をつくった。この場に室町由紀子がいないことに、私は気づいた。

「室町警視は、どこへいかれたのかな」

「もう警備部へもどられました」

「無責任なやつね」

涼子が理不尽《りふじん》な評価を下す。

「本来の警備部のお仕事があるんだから、しかたありませんよ。で、携帯電話でもかかってきたのかい」

後半は貝塚さとみに対する問いかけである。彼女はかるく頭《かぶり》を振った。

「いえ、岸本警部補がこちらにお迎えに見えて、いっしょに出ていかれました」

「岸本!?」

思わず大声を出したので、貝塚さとみが不審そうな視線を向けた。

「どうかしましたか」

「ああ、いや、失礼、何だろうね」

われながら、間《ま》のぬけた返事だったが、実際すぐにはわからなかったのだ。自分が大声を出した理由が。しかもこのとき、私は涼子の表情を見落としていた。

III

涼子への挨拶《あいさつ》を律義《りちぎ》にすませて、金森吾友は帰っていった。警視庁に来たときよりも、帰るときのほうが明るい表情になっていたのは、私たちにとっては救いだった。ただ、いわば、宿題をかかえて休日を迎えたようなものだ。少女の切《せつ》なる依頼を満足させることができなかった場合、警察を信じてくれる市民を、ひとりうしなうことになる。警察にとって、それはきわめて巨大な損失になるだろう。

「あたしは一度だって失敗したことがないんだから」

というドラよけお涼の豪語《ごうご》を信じ、できるだけ協力するしかない。

涼子が執務室に引っこんだので、私は自分のデスクに陣どった。以前にかかわった事件の裁判がらみで、処理すべき書類が二、三あったのだが、どうも集中できない。昨夜から意識の奥にひっかかっていることがあって、それが私を岸本の名に反応させたのだ。小さな違和感の正体をさぐろうとして、私は何度も断念しかかった。だが、いまの機会を逃《のが》したら大きな失敗になるような気がした。

とうとう私は行動に出た。

「貝塚クン、岸本のやつを呼び出してくれないか、何か適当な口実をつくって」

「お仕事ですか、趣味ですか」

「あいつと共通の趣味はない」

私の返答がうなり声に近かったので、貝塚さとみはいそいでうなずいた。

「えー、では適当でよければやってみます。いますぐにですか」

「いますぐ頼むよ」

貝塚さとみが電話をかけるのを見ながら、私は、自分の行動の是非《ぜひ》を確認してみた。何ら成算はないのだが、私は、岸本を問いつめてみることにしたのだ。いくつもの疑問と不審の断片《ピース》を、岸本という接着剤でくっつけてみよう。とんでもない画像が完成するかもしれない。何もあらわれなければ、それはそれでかまわない。

貝塚さとみが受話器をおいた。

「岸本警部補、すぐに見えるそうです」

「ありがとう、それでいい」

私は貝塚さとみの労に謝意を表《ひょう》したが、気になってついよけいなことを尋《き》いてしまった。

「で、何といって、あいつを呼び出したんだ?」

「『大正浪漫《たいしょうロマン》なでしこ飛行船隊』の主要メンバー全員のチャイナドレス・バージョンが……」

「待ってくれ、それはやっぱりアニメか?」

「今年の夏からTVアニメがはじまりますけど、いまは舞台ですね。ミュージカルをやってて、観客動員数がすごいんです。ヒロイン七人のチャイナドレス・バージョンが人形《フィギュア》になってて、ひとそろい五万円するのが、もう三万セット売れてるんですよ」

「そりゃすごいね」

他にいいようがない。天下無敵を誇った「レオタード戦士ルン」にも、ついに強力なライバルがあらわれたようだ。

とかく流行に遅れがちな私に、ひととおり教えてくれたあと、貝塚さとみは携帯電話の画面を見ていたが、「あれ」とつぶやいて、私に視線を向けた。

「泉田警部補、ちょっとTVつけていいですか」

「何かニュースでも?」

「お台場《だいば》にゴキブリの大群があらわれて、パニックになってるそうです。ゴキブリに追いつめられて何人も海に飛びこんだとか」

TVのリモコンを手にした貝塚さとみが、また「あれ」と声をあげる。

「今度は何だ？　六本木《ろっぽんぎ》あたりにネズミが出たか」

「あ、惜しい」

「何が惜しいって？」

「ネズミじゃなくて、ハムスターなんです」

TVは正午直前のニュースを映し出したが、内容は、どこかの企業でPC《パソコン》の個人情報が盗み出されたというものだった。だが、それが終わると六本木の街角が映し出される。トイレにいってもどってくると、貝塚さとみが報告してくれた。

「六本木の路上は、すごいことになってますよ。車にひかれたハムスターの死体が路面を埋めて、血と脂《あぶら》でぬるぬるです。なまぐさい匂いもたちこめて、女性が失神したり、子どもが気分が悪くなったり、ハムスターの血と脂で運転をあやまった車がレストランに突っこんだり」

貝塚さとみが小首をかしげた。

「ネズミにハムスターに人食いボタルにゴキブリ……いったいどこで飼育してたんでしょうねえ」

私は聞きとがめた。

「飼育って、貝塚くんは、これが自然発生したものだとは思わないわけか」

「えー、ゴキブリはともかく、ハムスターは自然発生しませんよお」

「ゴキブリにしても、この時機ちょっとタイミングがよすぎます」

阿部巡査が意見をのべる。彼らのいうとおりだ、と、私も思う。とすると、これまたへの一番こと黒林道義のしわざなのだろうか。

生物兵器による無差別テロ、というより、見境《みさかい》のない愉快犯、という印象である。だが一連の事件で、すでに一〇〇人からの死傷者が出ているのだ。笑いごとではすまない。

「同業者の動きは？」

「パトカーも、ハムスターの群れにかこまれて身動きがとれません。救急車も同様です。一帯は都市機能がマヒしつつあるようです」

経済大国の首都は、ハムスターによって滅びるのだろうか。だとしたら世界史上の奇観《きかん》ではあるが、いささかなさけない。

「ドブネズミじゃなくてハムスターでしょ。なさけ容赦なく排除するのって、ためらうじゃないですか」

「ドブネズミが、差別だといって怒るだろうな。ハムスターに嚙《か》まれて死んだ人だっているのに」

TV画面を見ながら会話をかわしていると、いきなり金属的な音が室内にひびきわたった。首すじに悪寒《おかん》が走るほどの不快な音だ。

一瞬の空白をおいて、全員が理解した。鼓膜《こまく》をたたく不快な音は、庁内の緊急警報だったのだ。

「火事か、それともテロかね」

丸岡警部が周囲を見まわした。床は揺れておらず、地震ではないことだけはたしかだったが、回答はすぐにあった。鳴りつづける警報より不快な事実だった。

「うわ、あ、あれを見てください」

貝塚さとみの声は、裏がえる寸前だった。

私は見た。床が動いているのだ。いや、床一面をカーペットのようなものが埋め、それがざわざわと動いている。緑色とも茶色ともつかぬ、生きたエスカレーター。細長い、無数の足を持つ生物の大群。

ムカデの大群だった！

私の足もとは、またたく間に、唇脚綱《しんきゃくこう》の節足動物に埋めつくされた。何匹かが靴の上へ、さらにズボンへと這《は》いあがってくる。デスク上のファイルをつかんで、私はやつらを払い落とした。

「うかつにさわるな！　毒を持ってる。刺されるぞ！」

「さわりませんよう、ムカデなんか！」

すばやくデスクの上に這いあがりながら、貝塚さとみが叫んだ。ムカデの群れは、たちまち彼女の椅子へと這い登り、デスクの側面や抽斗《ひきだし》を埋めつつ上昇をつづける。

「こら、来るな、来るなというに」

叱りつけても無効と見たか、丸岡警部も息を切らしながらデスクの上に這いあがる。

私も老先輩に倣《なら》った。ムカデを払い落としながら、デスクの上に立つ。見ると、阿部巡査をはじめ、他の同僚たちも、逃げ場をうしない、デスクの上へと逃れたところだ。いまやムカデのために、床の表面はまったく見えない。

「それにしても、どこからわいて出たんだ、こいつら」

私の疑問に応《こた》えて、阿部巡査が、天井に接する壁の一角を指さした。エアダクトだ。

「あそこです」

「何とねえ」

私はうなってしまった。警視庁ビルのエアダクトは、生物化学兵器によるテロにそなえた高機能のものだ。致死性《ちしせい》のガスや、たいていの細菌は無力化してしまう。だが、ムカデのように「大きい固形物」はふせぐことができない。フィルターを噛《か》み破られ、しごく便利な通路と化してしまった。

エアダクトからは、緑色とも茶色ともつかない生物の滝が、とぎれることなく流れ落ちている。世にもめずらしいムカデの滝だ。こんなもの一生に一度も見たくはないのだが、見ないわけにいかない。

「いや、それにしても、いったい何匹いるのかねえ」

丸岡警部が根本的な疑問を口にした。

「待ってください」

貝塚さとみが、右手の指でかるく側頭部をつついた。暗算しているらしい。

「ええと、一平方メートルに一万匹いるとして……この部屋だけで五〇万匹以上はいますね。フロア全体でその一〇〇倍……うわ、いやだあ」

自分自身の計算で悪寒におそわれたか、貝塚さとみがデスクにすわりこみそうになる。デスク上に達したムカデどもが肉薄《にくはく》するのに気づき、悲鳴をあげてふたたび立ちあがった。卓上ホウキをつかんで、コーヒーカップやファイルごとムカデどもを払い落とす。

このときである。われながら冷酷かつ残忍きわまるアイデアが脳裏《のうり》にひらめいたのだ。

私は自分のデスクから、二メートルほど宙をとんで、どうにか隣のデスクへ移動した。まさにその瞬間である。あわれな獲物が、「のほほん」という擬態語《ぎたいご》を全身に巻きつけて、刑事部参事官室のドアを開《あ》けたのは。

「貝塚くうん、ほんとに『なでしこ飛行船隊』のチャイナドレス・バージョンが手にはいったの？　ウソついたらダメだよー」

たちまち足もとを無数のムカデに埋めつくされて、岸本は立ちすくむ。その背後で音高くドアが閉ざされた。ぎょっとして振り向いた岸本の眼球に映ったのは、ドアと彼の間に立ちはだかる私こと泉田準一郎の姿だ。

「あわわわ、こ、これは……」

明敏《めいびん》といってよいかどうか、岸本は一瞬で罠にはまったことをさとった。

「か、貝塚くん、ひどいよお。君はボクを裏切ったのか」

「ごめんなさい、岸本サン、これも上司の命令なんですう」

貝塚さとみが両手をあわせ、神妙《しんみょう》そうに頭をさげた。もちろんデスクの上でだ。

「同志愛より命令系統が優先するのが、警察組織のつらいところなんですよねえ。ホントにごめんなさい」

「そういうわけだ、岸本警部補、うらむなら貝塚クンでなくて、おれをうらめ」

「そ、それにしても何でボクをおびきよせたりするんですか。わっ、こら、やめろ」

必死になって、ズボンからムカデどもを払い落とす。白手《すで》なのに、どうやら刺されずにすんだようだ。だが岸本の好運もそこまでだった。ムカデを払い落としたその手を、私につかまれてしまったのだ。

「さあ、つかまえたぞ」

「わっわっわっ、何をするんですか、泉田サン、何するんですかあ」

「何をするのか知りたいか」

「知りたいかって……そりゃもちろん……あ、いえ、知りたくない、知らなくていいです」

じたばたする岸本の身体を、私は、手近のデスクにかかえあげた。私自身もデスクの上にあがる。

「知りたくなくても教えてやるよ。こうするんだ」

私は岸本の両足首をつかむと、足もとに用心しながら、デスクの上に立ちあがった。すると岸本はどうなるか。さかさづりになる。私の身長にデスクの高さを加えて、岸本の両手とネクタイがぶらさがっても床にはつかない。

私は可能なかぎりおそろしげな声を出した。

「さあ、知ってることを全部しゃべれ。でないとムカデの大群と熱いキスをかわすことになるぞ」

「ひえー、いけません、拷問《ごうもん》は憲法で禁止されてます」

「そんなセリフは法治国家でいうんだな。この国じゃ首相が率先《そっせん》して憲法を破ってるんだよ」

「い、泉田サン、まるでお涼サマが乗りうつったみたい……」

「このやろう、いってはならないことをいったな」

岸本の両足首を揺さぶってやると、さかさになった若きエリート警察官僚は「ひえー」と泣声をあげた。離れたデスクの上から、丸岡警部や貝塚さとみ巡査が目を丸くしてながめている。

Ⅳ

将来、岸本明が出世したら、報復されるおそれは充分にある。それでも私は「尋問」をやめる気はなかった。それどころか、岸本の態度が私の確信を深めた。こいつは私に知られるとまずいことを知っている。かならず聴《き》き出してやる。あらためてそう決意したときだ。

「こら、岸本！」

鋭い叱咤《しった》に耳を鞭《むち》うたれて、私と岸本は声の方角を同時に見やった。

「泉田クン、何してるの。上司の許可もなしに、僭越《せんえつ》でしょ！」

涼子の姿があった。どこに？　執務室との境のドアが開いており、ロココ調のデスクの上に、私の上司は女将軍《レディゼネラル》のごとく仁王立《におうだ》ちになっていたのだ。ロッカーのなかにでもあったのか、ホウキをデスクの上に突き立てているのが、まるで槍《やり》である。よく見ると、執務室の床もすでにムカデの海に占領されていた。

「岸本！　よけいなことしゃべったらどうなるか、覚悟はできてるんでしょうね」

涼子は手にしたホウキで岸本を指《さ》した。岸本が悲痛なうめき声をあげる。

「ひえー、前門のお涼サマ、後門の泉田サン、進退きわまったとは、まさにこのことだなあ」

「どうやらまだ余裕がありそうだな。そら、下の門にはムカデの河が流れてるぞ」

「わっわっわっわっ、やめてやめて、ネクタイにムカデが、ムカデが、きゃあ」

短い手足を、岸本がばたつかせる。涼子はデスク上のムカデを一〇匹ほどまとめてホウキで払いのけると、私をにらみつけた。

「泉田クン」

「何ですか」

「岸本をお放し」

「おことわりします」

「上司命令よ」

「………」

「上司命令！」

涼子は音をたてて、ホウキの柄でデスクの表面を突いた。

さて、これは、絵になる光景と呼んでいいものかどうか。涼子は万人が認める傾国《けいこく》の美女で、タイトなミニスカートから伸びる脚線は国宝級のみごとさである。その美女がハイヒールの踵《かかと》の下にデスクを踏みつけ、円卓の騎士が槍をふるうがごとく、ホウキをふるって、むらがるムカデを宙に払い飛ばしているのだ。

一再《いっさい》ならず、私は涼子を二一世紀の魔女にたとえたことがある。魔女がホウキを持っているのだから、何のフシギもないはずだが、涼子が手にすると、乗物というより兇器に見える。人徳といっていいものかどうか。

「聞こえないの、泉田クン！」

「聞こえてます」

「だったらいますぐ……」

「いますぐ放したら、岸本警部補は落っこちてムカデどもの餌ですよ」

岸本が、サーベルタイガーにさらわれる子猿みたいな悲鳴をあげた。涼子が舌打ちする。

「わかったわよ、あとであたし自身が説明してあげる。だから岸本をいじめるのはおよし」

「わかりました」

今回は、私は即答した。パニックにおちいった岸本が、人前で、ないことないこと絶叫するかもしれない。ここは矛《ほこ》をおさめるとしよう。だが、私の乱暴な賭けは成功した。一連の事件について、涼子は私に隠していることがあり、岸本はそれを知っているのだ。

私は岸本をデスクにおろしてやった。

それを見とどけて、涼子が叫んだ。

「泉田クン、水！」

「は？」

「ホースを消火栓につないで！　ムカデどもを水で押し流すのよ」

想像もしないアイデアだった。涼子は床を埋めつくすムカデどもに視線を向けた。

「ほんとは火を放って焼きはらうのが一番いいんだけど、残念ながらそうもいかないしね。ムカデどもの生存権は後日の課題として、とりあえず流しておしまい」

「ですが問題があります」

「何よ、モンクあるの？」

「水で押し流しても、ムカデどもは下の階へ流れていくだけですよ。他の部署に迷惑がかかるのではありませんか」

「それがどうしたってのよ。刑事部は刑事部のことだけ考えてればいいの。公安部も生活安全部も、ない知恵をしぼって自衛策を考え出すべきでしょ。自分で自分の身も守れずに、一般市民を守れるわけないんだから。どう、あたしのいうこと、まちがってる？」

まちがってはいないかもしれないが、過激すぎることは確かだ。だとしても、これ以上ためらっている場合ではなかった。

「阿部くん、てつだってくれ」

「はい」

こういう場合、役に立つのは屈強《くっきょう》でマジメな阿部巡査だ。私は思いきってデスクから床へ足をおろした。デスクの上で、岸本は身体を丸め、白眼をむいている。ショックで胎児状態に回帰したらしい。逃げ出すおそれがなくて、けっこうなことだ。

何百匹ものムカデを踏みつぶし、それに倍する数を払い落として、消火栓にたどりついた。阿部巡査が力いっぱい肘《ひじ》を打ちこんでガラスを割る。球状に粉砕された特殊ガラスをよけながら、私はホースを引きずり出した。

「ホースをつなぐ間、ムカデどもを追いはらってくれ」

「はい！」

阿部巡査が手足を風車のように回転させる。その下で私はホースをつなぎ、栓を開いた。

「阿部くん、君もホースを持て!」

手首から腕にかけて衝撃が来た。拳銃を発射したときより強く、重さでは比較にもならない。数万匹、数十万匹のムカデどもに、すさまじい放水がおそいかかった。人工の滝が床をたたき、飛沫《しぶき》とともにムカデが舞いあがる。最大限に開栓された水は渦《うず》を巻き、膨張し、ムカデの群れをのみこみ、押し流していく。

「やったやった、大成功ですう」

叫んでいる貝塚さとみは元気を回復したようだが、私と阿部巡査は必死だった。高圧放水をつづけるホースは、暴れまわる大蛇さながらにのたうち、大の男ふたりがかりでも、おさえつけるのにひと苦労だ。うっかり手を放しでもしたら、ホースは躍りあがって、室内の人間をなぎ倒すだろう。肋骨が折れるぐらいではすまないかもしれない。

いまや床はすっかり水没し、ムカデどもが水面にひしめきつつ渦を巻いている。さすがにデスクは流されないが、椅子やクズカゴは渦に巻かれ、回転しつつ押し流されていく。

ふと人声が聞こえた。開いたドアの向こうで、ずぶぬれの男たちがひざまで水に浸《つか》りながら、何かわめいている。過激なやりかたに抗議しているらしい。

「うるさいやつねえ。泉田クン、手元がくるったフリをして、あいつらに放水をぶちあてておやり」

「直撃したら、死んでしまいますよ」

「死ぬもんですか。鈍いやつほど頑丈《がんじょう》にできてるんだから。ほら、さっさとしないと、標的が動いちゃうよ」

しかたなく私はホースを動かし、「標的」の二、三〇センチ手前に強烈な水のミサイルを撃ちこんだ。男たちは白と透明の水飛沫をあびて、アタカモ滝に打たれる修行者のごとし。何かわめいてはいるが、水音にかき消されて、まったく聞きとれない。

涼子が何度めかの舌打ちをして私をにらんだ。

「わざとはずしたでしょ!?」

「いえ、ヘタなだけで……」

「わざわざ戦場に出てくるやつらに、ナサケをかける必要なんかないわよ。でも、あいつら、警視庁の人間じゃないわね」

「たしか民売《たみうり》新聞の記者です」

民売新聞は発行部数一〇〇〇万、世界最大の新聞と自称している。「有料政府公報紙」とからかわれるほど権力ベッタリの論調と、テロに対する強硬姿勢で知られていた。ついでに、学生野球憲章違反とか、TV局やラジオ局の株式保有制限に関する法令違反とか、いろいろ手を汚しているという評判だ。警視庁内での特権をほしいままにしている記者クラブ「六社会」のメンバーでもある。

　涼子がせせら笑った。

「へえ、民売新聞か。だったらムカデどもといっしょに地下まで押し流されても本望でしょ。『テロに屈するな、犠牲にひるむな、首領様《オーナー》にさからうな、野球は金と権力だ』っていうのが、あの新聞の金科玉条《きんかぎょくじょう》なんだからさ」

　野球とムカデとの間に、とりあえず関係はないと思うが、民売新聞の記者は大きく口を開いたまま、下の階へと流れ落ちていった、ようだ。最後まで見とどけたわけではないので、断言はできない。

　上の階から、無気味な生きたエスカレーターとして移動してきたムカデの大群も、この階まで降りてくると、あれくるう水流にのみこまれ、そのまま、さらに下の階へと落ちていく。

　いつのまにか警報はやんでいたが、それに気づいたのは、放水をやめてからだった。参事官室も、涼子の執務室も、天井から床から、すべての調度品と備品まで水びたし。廊下へ出てみても同様で、溺死《できし》したムカデが各処に積みあげられている。

あることを思い出して、私は若い同僚をかえりみた。

「阿部くん、君、足の多い生物が苦手《にがて》なんじゃなかったか」

「はあ、足の数がかぞえられるうちはダメなんですが、ムカデぐらいになると、もう、どうでもよくなりまして……」

「そうか、とりあえずご苦労さん」

「いえ、どういたしまして」

庁内放送に乗って、総監の句が流れてきた。

「滝川や　ムカデ流るる水の音」

これが正午を二〇分ほどまわった時刻のことだった。

第七章　双日閣《そうじつかく》の対決？

I

　その日の午後、警視庁は、「てんやわんや」という日本語の、みごとな用例になっていた。国語辞書にそのまま載《の》ってもいいくらいだ。

　結局、警視庁ビルは大半のフロアが水びたしになってしまった。ムカデの大襲来でパニックにおちいった各部署で、涼子の模倣《まね》をして放水という極端な手段に走った者もあらわれたのだ。庁内のほとんどの階段が流水階段《カスケード》となり、職員や来訪者や拘置《こうち》者をまとめて一〇〇〇人以上の男女が、クリーニング代の心配をするはめになった。

　階段で転倒したり、水流で壁にたたきつけられたりして、負傷者が五〇人。ムカデに刺されて傷口が腫《は》れあがった者は二〇〇人。PC《パソコン》やら椅子やら備品の損害は億単位に上るものと推定された。

　二次被害といってよいものかどうか、六本木、お台場、桜田門《さくらだもん》と半日間に三ヵ所の現場を駆けまわった女性のTVレポーターが過労のため貧血をおこして倒れ、そのTV局のワイドショーでトップニュースになった。

　どうにか無事だったデスクの上に腰かけて両脚をぶらぶらさせている上司に、私はそれらの報告をした。

「六本木には、アメリカのテキサス州知事が来ていたんですが……」

「ああ、有名なプロレスラーあがりの？」

「ええ、身長二〇〇センチ、体重一五〇キロの巨漢です」

「そいつがどうかした？」

「ハムスターを蹴散らそうとしたんですが、逆にむらがって嚙《か》みつかれ、全身八〇ヵ所に傷をおって病院にかつぎこまれました」

「あら、お気の毒」

　と、魔女は魔女らしく、他人の不幸をよろこぶ。

「身体《からだ》の表面積が広いから、嚙まれやすいわよねえ。全世界の反米テロリストを一掃するとか大口たたいてたけど、ハムスターに負けるようじゃ、前途遼遠《ぜんとりょうえん》ってやつよねえ、オーホホホホホ」

「……まあ、とにかく、国際問題になりかねないことですから、首相からも、早急《さっきゅう》に解決するように、と総監に指示があったそうです」

「指示するだけ？　楽でいいわよねー、あたしも首相になろうかな。もう被選挙権あるし」

話があぶない方向に進みかけた。

「そうなったら、それなりの苦労がありますよ。それより目前の事件、どうなさるんです」

「わかってるわよ。いったでしょ、こんなチンケな騒動、いつまでも引っぱるつもりはないわ。このカーペットだって、取りかえなきゃならないし」

「ずぶぬれですものね」

「アルメニア製の逸品《いっぴん》よ。もちろん自費よ、自費！」

「それがあなたのいいところですよ、何でも自費でなさるところが」

「そんなオダテに乗るあたしだと思うか。それより丸岡警部を呼んで、いますぐ」

私はすぐ命令にしたがったが、呼ばれたご本人ともども当惑を禁じえなかった。かしこまって立つ丸岡警部に、デスクの上から涼子が指示を出す。

「黒林道義という人物の住居兼研究所が、北区《きた》と豊島区《としま》の境界にあるの。そこへいって、金森という人の殺害の証拠をさがして。資料はここにあるから、阿部巡査をつれていくといいわ」

資料を渡されると、いそいそと丸岡警部は退出した。

「なぜ丸岡警部に？」

心からの興味をこめて尋ねてみると、「当然でしょ」と答えが返ってきた。

「あたしや君が気づかないことを、丸岡警部だったら気づきそうだから」

それはありえる。涼子が地球上に出現する以前から、丸岡警部は刑事生活を送っていたのだ。涼子は丸岡警部を前世紀の遺物として敬遠している、と、つい私は思いこんでいた。だがどうやらそれは私の偏見だったようで、ちゃんと評価していたらしい。

開いたままのドアの向こうに、スーツの襟をなおしている丸岡警部の姿が見えた。

「いや、ひさしぶりに刑事らしいことをさせてもらえるねえ。それじゃ、阿部クン、いこうか」

いつもよりやや早足で、丸岡警部が出ていくと、三歩おくれて阿部巡査がつづく。どことなく、老《お》いた柴犬に若いセントバーナード犬がしたがうといった風情《ふぜい》である。

まともな部署に所属していれば、ベテランと若手とのいいコンビになれるだろうに。TVの刑事ドラマに出てくるみたいな。

彼らを見送って、動かしかけた私の視線はそのまま凍りついた。ドアからはいってきたのは、すらりと優美な人影だが、怒りのオーラが全身をつつんでいる。

「お涼、尋《き》きたいことがあるんだけど」

もちろん室町由紀子であった。

「あら、お由紀、めずらしいわね、何のご用？」

「警備部長を飛びこして、総監からじきじきの命令があったのよ」

「へえ、何て、何て？」

どんなに無邪気さをよそおっても、涼子の声といい目つきといい、邪気まみれである。

「とぼけないで！　知ってるくせに」

「あら、何のことかしら。あたくし、有能ではございますけど、全能じゃございませんの。ごくまれにだけど、知らないことだって存在するわ。だからお願い、教えてくださらない？」

両手まであわせてみせる涼子の態度に、由紀子の怒りのマグマが噴出しかかる。きわどいところで、私がでしゃばった。

「室町警視、ご心痛《しんつう》お察しいたしますが、総監のご命令は私も承知しております。ここはまげて、事件解決のためにご協力を……」

「ちょっと、心痛とは何よ、心痛とは」

イジメっ子が聞きとがめる。

「薬師寺警視だって、総監命令で、室町警視のいうことをきけ、といわれたらご不快でしょう？　だからですよ」

「君、いったい誰の味方なの？」

予測していた詰問《きつもん》だったので、答えの用意はある。

「犯罪被害者の味方です」

思いきりオゴソカに答えてやると、涼子は柳眉《りゅうび》をさかだてて、なまいきな部下をにらみつけた。拍手の音がしたので視線を動かしたら、由紀子がかるく赤面しつつ手をおろすところだった。

これがさらに女王陛下の逆鱗《げきりん》にふれたらしい。ハイヒールの踵《かかと》で、ずぶぬれのカーペットを踏みにじりつつ、私の上司はうなった。

「この裏切り者！」

「お言葉ですが、私は、あなたを裏切ったおぼえは一度もありません。そのことは、あなたもご存じでしょう」

「それじゃ、えーと、お説教屋！」

これには対応できなかった。だまっていると、涼子は、いきなり私に向かって舌を出した。小学生というより幼児のフルマイだが、この魔女は舌の形や色艶《いろつや》まで美しい。

「おぼえてろよ、タダじゃすまないぞ」

イジメっ子らしく言い放つと、涼子は勢いよく踵《きびす》を返して執務室を出ていった。由紀子と私はとりのこされた。

「どうも、お目よごしをいたしまして」

「お説教屋さんだけでなくて、あやまり屋さんなのね」

「はあ……」

憮然《ぶぜん》とした。どちらにしても、好きこのんでやっているわけではない。

「それで、どうなさるの？」

「ご存じのとおり、あの女《ひと》はエンジンとアクセルだけで突っ走る人でして」

「ええ、暴走する戦車ね」

ずいぶん失礼なことを口にしているが、ふたりともマジメである。

「私もできるだけブレーキを踏みますが、ハンドル操作を室町警視にお願いしたいのです。ドラよけお涼が何をたくらんでいるにせよ、形はあくまで事件の捜査ですし、解決できれば社会のためになるはずですから」

由紀子は眼鏡ごしに私を見すえた。

「あなたがブレーキで、わたしがハンドルなの？」

「ええ」

もしかして表現が気にさわったのだろうか。失礼にならないよう、表情を観察してみる。由紀子の白皙《はくせき》の顔は苦笑寸前だった。

「役割が逆だと思うけど、わかったわ。永遠に、というわけではないし、今回はお涼に協力します」

「ありがとうございます」

「そのお礼の言葉は、あなた自身からのもの？　それとも、お涼の代理？」

「もちろん両方です」

私が断言すると、由紀子は眼鏡の奥で黒曜石《こくようせき》のような瞳を光らせた。

「考えてみると、お礼をいわれる筋《すじ》はないわね。わたしは総監の命令にしたがわざるをえない立場なんだし、一連の事件をおこした犯人を逮捕して都民の不安をぬぐいさるには、最善《ベスト》をつくすべきだし。部署のちがいや私情にこだわるべきではないものね」

警察官としてベストの発言だ。ただし、由紀子の選択と決断がベストだとはかぎらない。ワーストの結果が生《しよう》じるかもしれないのだ。すべては結果しだいである。

「勝てば官軍」「負ければ賊軍」。

さて、どちらになることやら。

II

双日閣の五階に、私たちは立った。地上約一五メートルというところだ。

私たち、というのは六人の男女である。薬師寺涼子、室町由紀子、マリアンヌ、リュシエンヌ、岸本明、それに私。警視総監から直接、特命を受けたチームであり、警視庁のキャリアが三人もふくまれている。いかにも選びぬかれたエリート集団に思えるが、その正体は、警視庁きっての問題児がゴーインにかき集めた違法捜査隊で、組織にとって不利益と見られたら、たちどころに見すてられる運命である。

服装はというと、一見《いっけん》して警察官とはとても思えない。捜査というよりアクションの必要性と、スポンサーを兼ねた独裁者の意向により、四人の女性はメタリックな銀灰色《シルバーグレー》のボディスーツの上からＪＡＣＥＳ《ジャセス》特製のしゃれたジャケットをはおっている。フランス空軍あたりの特殊部隊といっても通りそうだ。ジャケットと同色のベレー帽までかぶっている。行動を決めたその日のうちに、こんな装備がすぐとどくのだから、油断ならない。

二名の男性陣も、ベレー帽にＪＡＣＥＳのジャケットとコンバットスーツ。サイズが身体にぴったりなのが、かえって気にくわない。

まあいくらマリアンヌやリュシエンヌでも、ボディスーツの下にバズーカ砲や対戦車ライフルを隠し持つことは不可能だろう。破壊は最小限にくいとめられるはずだ。ただし、どのていどをもって最小限とみなすべきか、涼子と私とでは、かなり意見が異《こと》なるのだが。

ぶつぶつと、陰気なつぶやきが聞こえる。岸本が、お経を誦《よ》むような口調でぼやいているのだ。

「ああ、日本中どこをさがしたって、ボク以上に苦労してるキャリアはいないだろうなあ。警察庁の試験に受かったとき、安全な場所で新聞記者とお茶飲んでればいいっていわれたのに……今日だって、戦力にならないボクをわざわざつれていくのは、危険がせまったとき、ボクを犠牲にして自分たちだけ逃げる気なんだ。ああ、かわいそうなボク……」

私だけでなく、由紀子も、岸本のぼやきを制しようとはしない。つまり、岸本のぼやきの最後の部分は真実だろう、と、内心で認めていたからである。血も涙もないドラよけお涼のやりそうなことだし、さらにいうなら、私だって岸本より自分の生命のほうがたいせつである。

双日閣の西の窓から、初夏の夕陽がガラスごしにさしこんでいる。靴の下には厚い木製の床がひろがっていた。かつて置かれていた撞球台《ビリヤードテーブル》の脚の跡《あと》が、白い小さな円になって残っている。

涼子が一枚の紙を私にしめした。

「これが双日閣の図面のコピー」

「表向きの、ですね」

「そう、当然、実際のとはちがうわ。でもだいじな点はわかってるから、それじゃ、さっそく始めようか」

「その前に、すませておきたいことがあります」

「あら、何かしら」

「忘れたフリをしないでください。岸本をさかさづりにしたとき、あなたはたしかにおっしゃいました。自分からいずれ話す、と」

「あれは岸本がアワレだったからいっただけよ。でも、ま、捜査開始のさいワダカマリがあってもこまるわね。いいたいことがあるなら、いってごらん」

「ではそうさせていただきます」

涼子と私を見つめる由紀子の視線を意識しながら、私は語りはじめた。

「新宿御苑の植物がすべて枯れた事件。玉泉園に人食いボタルが出現した事件。都知事公館にネズミの群れがあらわれた事件。それに今日の三件。この六つは、たしかに同一犯の仕業《しわざ》だと思います。犯人は……」

「への一番」

「はいはい、への一番は、自分自身で手を下していません。自分ひとり、おそらく安全な場所にいて、奇妙な生物をあやつり、大都会をパニックにおとしいれて喜んでいるんでしょう。ですが、昨夜の、ゼンドーレン集会の事件だけはちがいます」

「どうちがうのよ」

涼子の声がわずかに低くなったようだ。気のせいだろうか。

「奇妙な生物がまったくあらわれていません。への一番でも二番でもいいですが、まちがいなく、犯人が現場にあらわれて、防衛大臣を天井からつりあげました。あわせて七つの事件のうち、これだけが異色なんです」

「そんなことがあったの!?」

あきれたように、また怒ったように、はじめて声をあげたのは由紀子だ。私は彼女に向かって頭をさげずにいられなかった。マリアンヌとリュシエンヌは無言のまま、日本人どうしの会話に立ちあっている。

私は「犯人」といったが、涼子は訂正しようとしない。美しい瞳の奥に光がちらついているが、それが暁《あかつき》の日の光なのか、黒雲を切り裂くいなずまの閃《ひらめ》きなのか、いや、迷うまでもなく後者に決まっているのだが。

「で、君の見解だと、その犯人はへの一番じゃないってことになるのね」

「便乗犯だと思います」

「つまり別人の犯行ってこと?」

「そうです。そしてへの一番に罪を押しつけている」

「おもしろいわね。それじゃ君の推理によると、犯人はどこにいるのよ」

「私の一メートル前に立っています」

由紀子が息をのむ気配がした。このとき私は妙に五感プラスアルファが発達していたらしい。剣呑《けんのん》な雰囲気を感じとった岸本が、そろそろと離れようとする姿までわかった。どこへ逃げるつもりだろう。

「何いってるのよ。防衛大臣がレオタード戦士の人形を抱いたまま宙に浮いたとき、あたしは君の隣にいたじゃないの」

「実行犯は、あなたではありません」

「じゃあだれさ？」

「マリアンヌかリュシエンヌです。どちらか、あるいは両方でしょう」

防衛大臣の姿が天井へ消え去る寸前、私が見た人影。あれはけっして、黒林道義博士のような高齢の男性のものではなかった。優美でしなやかなボディラインは、すぐれた運動能力を持つ若い女性のものだった。そう、いま私の眼前にいるリュシエンヌやマリアンヌのような。

犯人を追跡することにかけて、涼子の熱意は人後《じんご》に落ちない。その涼子が、昨夜はなぜあっさり追跡を断念したのか。天井裏を調べることとすらしなかったではないか。

しかもその後、バニーガール姿から普通のスーツに着かえるとき、いつもより長い時間をかけた。犯人を逃亡させるため、時間をかせいだのではないか。

マンションに帰ると、メイドたちがいた。帰って着かえるのに充分な時間だ。涼子のマンションにはいくらでも部屋がある。何しろ巨大な建物のワンフロアを占《し》めているのだ。メイドたちは、私以外の客に、「餌」を運んでいたのではないだろうか。

そもそもゼンドーレンという団体の正体は何だろう。会費は集めているのか。主宰《しゅさい》者《しゃ》は何者だ。思うにゼンドーレンは政財界のVIPたちの弱みをにぎるため、何者かが組織して動かしているのではないか。何者とは、つまり彼らの弱みをにぎっておくことで、有利な立場になれる者。動機と、資金力と、組織力とをかねそなえた人物だ。

「そこまで疑惑を抱いたのなら、どうしてあたしについてきて、ここにいるのよ」

「あなたがお酒に酔って綱渡りをしようとするとき、下に救命ネットを張るのが私の役目だからです」

涼子は私を見つめた。ゆっくりと腕を組んだ。かるく両眼を細めると、じつにわざとらしくうなずいてみせる。

「へー、そうなんだ」

「何がそうなんですか」

「いっしょに綱渡りはしてくれないんだ。フン、薄情者《はくじょうもの》！」

「いや、そんなことといわれても……」

リュシエンヌとマリアンヌは興味しんしんの態《てい》で私たちをながめている。天使のごとく愛らしいが、この天使たちは女主人《ミレディ》の敵に対しては無慈悲きわまる戦いの堕天使《だてんし》に一変するのだ。私が涼子と対立していると理解したら、女主人の命令一下、実力で私を排除にかかるだろう。何のためらいもなく、法律も関係ない。

これまでふたりの美少女は、私に対していつも厚意と信頼感をしめしてくれた。だがそれも私を涼子の忠臣、おなじ女主人につかえる同僚と思えばこそだ。万が一、私個人に好感を抱いていてくれたとしても、そんなものは女主人に対する忠誠心の前には、ティッシュペーパーの紙吹雪《かみふぶき》より軽いに決まっている。

だいたい私は男性としての自分を過信していないのだ。つい一年前に、ダイエットに関する不用意な発言から、恋人《カノジョ》にふられたばかりである。女性心理にうといことについては自信がある。いや、自信など持ってどうする。私は自分で自分を追いつめているのだ。

涼子がゆっくり口を開いた。

「しかたない」

かなり凄《すご》みをおびた声だったので、私は内心ややたじろいだ。

「どうしかたないんです」

「秘密を知られたからには、生かしておけないってことよ」

物騒《ぶっそう》な日本語に、鋭いフランス語がつづいた。一瞬の半分だけ、リュシエンヌとマリアンヌの表情におどろきが走ったが、流れるように体重を移動させる。わずかに腰を沈め、踵《かかと》を浮かせ、右手をかるく腰にあてる。つぎの命令があるか、私が身動きしたとたんに、何かが飛来《ひらい》して私の自由を奪うだろう。だから私は動かなかった。

「お涼、本気なの!?」

由紀子の声が空気を鞭《むち》うつ。

「アホらしい、本気のわけないでしょ」

涼子が腕をほどき、両手を腰にあてた。

「一度いってみたかっただけよ。誰でもそうでしょ。まさか本気にはしなかったよね、泉田クン」

「いえ、もしかしたら本気じゃないかと思いました」

と、由紀子の前ではいえず、私は笑顔をつくった、つもりだが、さぞこわばった笑いであったろう。

涼子はかるく手を振り、ふたりのメイドに戦闘態勢をとかせた。

「わかったわかった、認めるわよ。防衛大臣を拉致したのは、あたしだってことをね」

「実行犯はメイドさんたちですね」

「そう。あたしの命令にしたがっただけ」

「そうでしょうとも。ふたりにとって、あなたの命令は絶対ですから」

私はふたりのメイドに視線を投げた。天使のほほえみが返ってくる。彼女らなりに安堵《あんど》しているのだろうか。

涼子が髪にしなやかな指をはわせた。

「でも思ったより早く、ばれちゃったなあ」

「永遠に隠しとおせるとでも思っていたんですか」

「永遠に、なんて思ってないわよ。ほんの二、三日で決着《カタ》がつくし、ほら、終わり良ければすべて良し、というのがオトナの態度ってものじゃない？」

「良ければね。良ければ」

「良いに決まってるわよ」

「そうはおっしゃいますが、防衛大臣の入院がウソで、じつは拉致されたんだとばれたら、えらい騒ぎになるでしょう。警察だけでなく政府全体が動き出しますよ。ひとつまちがえば外国だって……」

「だって、こんな騒ぎがあったのを知ってるのは、ゼンドーレンの関係者だけだもの。あいつらがすすんで外部に洩《も》らすと思う？」

思わない。みんな口をぬぐっているだろう。だが、いつまで沈黙がつづくことか。自分たちの目撃した光景と、新聞やTVの報道とは、あまりにちがいすぎる。そのうち誰か外部の者にしゃべりたくなって、遠からず秘密は露見《ろけん》するのではないか。

私はそう涼子にいってみた。

「ふうん、さすがの泉田クンも、そこまでは読みきれなかったか」

涼子の表情と口調から、私は、あらたな真相にたどりついた。

「……もしかして、ゼンドーレン全体が、事情を承知していたんですか」

「それは読みすぎ」

ハンドルを操作して針路を修正する手つきを、涼子はしてみせた。不謹慎な、といいたげな由紀子の視線は、もちろん無視された。

「あいつらには、防衛大臣が余興《よきよう》をするから、それを契機《きつかけ》に散会、と告げてあったのよ。だから大臣が宙に浮いても、余興だと思ってたってわけ」

ゼンドーレンの会員たちが騒いでいたのは、おどろいたからではなく、喜んでいたということか。私はメマイがしてきたが、何とかそれをおさえた。

「そんなタワゴトを、彼らは信じたんですか」

「信じたわよ。現在でも信じてるわ。あいつらは今朝のTVニュースを見て、さらに納得したでしょうよ。ああ、ただ胆石で入院するのではつまらないから、あんなふうに身体を張って余興をやってみせたんだな、あの人らしいな、ってね」

私はひとつ頭を振った。

「でも、それですむんですか」

「あいつらにとっては現実の重みより仮想《バーチャル》のほうがたいせつなの。自分の貧弱な想像力の限度いっぱいにね。忘れないでよ、あいつらは生身の女に触れるのがこわくて、二次元世界に逃げこんでるやつらなんだからね」

何とか正気をたもとうとして、私は話題を変えることにした。もっと重大な質問がある。

「それで防衛大臣はいまどこにいるんです？」

「いっとくけど、監禁なんかしてないわよ」

「でしょうね」

私には想像がつく。レオタード戦士にかぎらず、美少女の等身大人形やポスターや

DVDなどにかこまれ、陶然としてすわりこんでいる防衛大臣の幸福そうな姿が。

そこには、彼をおだてて利用しつつ陰《かげ》にまわって舌を出す狡猾《こうかつ》な官僚たちはいない。国会で答弁すると文法上の誤りをネチネチと指摘する意地悪な野党議員もいない。自分の息子の酔っぱらい運転事故をもみけせと要求する選挙区の有力者もいない。

さぞシアワセな数日だろうが、さて、それがすぎさった後どうなるか。防衛大臣の心理が、私にはさっぱりわからなかった。

III

涼子の話を整理してみると、こういうことだ。

農林水産省の研究所を追放された後、黒林博士は、有力な政治家を訪ねては自分の研究を宣伝し、資金協力を求めた。権田原《ごんだわら》元首相は、かつては老獪《ろうかい》といわれた人物だが、九〇歳をすぎて俗にいう「ボケ」がすすみ、黒林博士にたらしこまれてしまった。元首相は、子分の政治家や財界人、さらには宗教団体のボス、暴力団の組長にまで命令して、一〇億円以上の資金を、黒林博士のあやしげな研究につぎこんだ。

ところが二ヵ月ほど前、権田原元首相は脳出血で倒れて入院した。現在なお集中治療室にはいったままで、すでに脳死状態との噂もある。どう見ても再起は不可能で、黒林博士は唯一のスポンサーをうしなってしまった。

元首相には息子がいて、参議院議員をつとめている。またぞろバカ息子の登場かと思われるのだが、この息子はまあ特に問題のある人物ではない。父親が九〇歳をすぎているから、息子のほうも六〇代半ばになる。この息子にはさらに娘がいて、年齢は三〇代半ば、とある政治家の妻になっている。

「どの政治家ですか」

「わからない？」

「わかりませんよ」

「泉田クンも知ってるやつだけど」

私は政治家に知りあいはない。新聞やTVを通じて一方的に知っている政治家ならいるが。私の不得要領《ふとくようりよう》なようすを見て、涼子はじれったそうに記憶を喚起《かんき》させた。

「ほら、昨晩《ゆうべ》、直接、話したじゃない」

「昨晩って……あッ！」

思わず私は大声をあげ、室町由紀子の眉をひそめさせた。

「防衛大臣！」

「ビンゴ」

コックリさんにとりつかれたような、アブナイ目つきの政治家と、たしかに私は昨夜、会話をしたのだった。大臣は涼子のバニーガール姿を見ても何もいわなかったと思うが、もちろん涼子を知っていたのだろう。

「そうか……防衛大臣は黒林博士に脅迫されていたんですね」

「ご名答、さすが、あたしの参謀長」

おだてられて喜ぶほどのことでもない。私はあいかわらず、まずいビールを飲んだ直後のような表情だったはずだ。

「わかりました。大臣は表向きは入院加療、裏向きは拉致という形で身を隠す。その間にあなたは黒林博士をつかまえる。グルだったんですね、あなたと大臣は」

「グルというか、大臣のやつに泣いてたのまれたのよ。黒林のやつは、ゴンダワラの爺さんが再起不能と見て、あたらしいスポンサーを見つけようとしたわけ。防衛大臣は元首相の孫娘の婿《むこ》どのだし、軍事オタクだから、よろこんでスポンサーになってくれると思ったのよ」

「ところが大臣にことわられた……」

「そういうこと。大臣のやつ、べつに良識があるわけじゃないけど、打算の能力はあるからね。将来、首相をめざす身で、収賄罪《しゅうわい》に問われたマッド・サイエンティストのスポンサーになんか、なれるわけないでしょ」

「そうですね」

「もし、なったりしたら、あたしが世の中のキビシサを、目に見える形で教えてやったところだけどね」

涼子はうそぶく。防衛大臣には、どうやら、教師を選ぶ権利などなさそうである。たとえ涼子の手によって黒林博士をシマツしたとしても、さらにおそろしい魔女が大臣の生殺与奪《せいさつよだつ》をにぎることになるのだ。

「ほら、これが防衛大臣夫人の顔よ」

涼子が手渡した写真に映っていた地球人の顔。それは、ゴンダワラ元首相を半世紀ほど若返らせ、女装させたものだった。頬がこけ、両眼の下が黒ずみ、上の歯が前方に飛び出している。

この写真を見て、私は、ドーラーたちの心情がほんのすこしわかったような気がした。いや、人間の価値は顔の美醜《びしゅう》ではない。心やさしくて誠実で、夫にとってたいせつな女性かもしれないではないか……。

「何かというと祖父《じい》さんの名前を振りかざして名門ぶるイヤな奥さんだってさ」

「そ、そうですか。まあ、それはそれとして確認します。あなたは一連《いちれん》の騒ぎがおこった直後から、黒林道義なる人物に目をつけていたんですね。防衛大臣の線《ライン》から」

私の問いに、涼子はかるく手をひろげて肯定《こうてい》のポーズをしめした。

「防衛大臣は黒林に資金をせびられて、はねつけたわけよ。お前みたいなマッド・サイエンティストとは縁を切る。これ以上カネをせびるなら承知せんぞ、って」

「はねつけられて、黒林は逆上したわけですね。スポンサーをうしなって自棄《やけ》になったかもしれない。つぎつぎと飼育中の生物を地上へ放した……現実問題として、餌代《えさ》もなくなったでしょうし」

「そういうこと。一連の事件が黒林のしわざであることを、大臣だけは知っていたわけ。それで青くなったのよ。黒林が暴走したあげく逮捕されたりしたら、かならず大臣の名前がオオヤケになるからね」

ここではじめて由紀子が口をはさんだ。

「でも、大臣は、資金の提供をことわったんでしょう？　堂々と、黒林のしわざであることを警察に告げればいいのに」

「そんなことを奥さんが許すと思う？　お祖父《じい》さんが笑いものになるのよ」

「ああ、そうね。何よりも奥さんに知られるのがこわい人なわけだから……」

由紀子は素直に納得した、かに見えたが、すぐ意見をつけ加えた。

「でも、警察に話したほうが、よっぽどマシだったんじゃないかしら。お涼に借りをつくるぐらいなら」

「まったく最悪の選択をしたものです。この一件だけでも、彼には首相としての資質がありませんね。危機管理ができないんですから」

涼子は気分を害したらしい。

「何ふたりでうなずきあってるのよ。あたしを頼りにしたのが悪いとでもいうの」

そういっているのだ。今回の件を解決すれば、涼子は、いったいどれほどの有力者に恩を着せることになるのだろう。防衛大臣はもちろんのこと、彼の一族や部下、彼をボスとあおぐ若手の政治家や官僚に至《いた》るまで、いずれまとめて涼子に頭があがらなくなる。

「あなたが逆に利用されるおそれはないの、お涼？」

由紀子がいきなりそう問いかけ、不審そうに涼子は彼女を無言で見返した。

「防衛大臣のほうが一枚上手《うわて》ってことはないのかしら。彼はあなたに泣きついてみせて、じつはあなたが黒林という人物に返り討ちにされるのを期待しているのかもしれなくてよ、お涼」

私は思わず声をあげそうになった。防衛大臣の不気味な三白眼《さんぱくがん》が脳裏に浮かびあがる。

涼子も虚《きょ》を突かれたようだが、それも一瞬、魔女の笑《え》みをたたえて応じた。

「あら、お由紀にしては上出来《じょうでき》の推理じゃないの。とっくにあたしが見こしていたことで、一周おくれの知恵ではあるけどさ。裏を考えてみるようになっただけ、すこしばかり進化したわね、えらいえらい」

「あなたにほめられても、うれしくないわ」

キャリアたちが不毛な口論をしているさなか、外国の民間人たちが建設的な行動をはじめていた。マリアンヌとリュシエンヌは、双日閣の図面をひろげ、何かささやきあうと、部屋の隅《すみ》へと歩み寄った。天女の彫刻をほどこした古風な大型のマントルピースがある。その前にしゃがみこんで、鉄製の柵をとりはずす。

暖炉の内部にマリアンヌが上半身をいれ、リュシエンヌも顔を寄せる。会話をかわしながら手を動かしていたが、ほどなく乾《かわ》いた音がして、どうやら後壁がとりはずされたようだ。

あっけなく地下への通路が発見、確保されたことを私は知った。涼子も気づいて、メイドたちにかるく手を振りながら、一方ではニクマレ口をつづける。

「もし大臣が、あたしの気にさわるようなことをしたら、やつが服をぬいでレオタード戦士の等身大人形に、とても口に出せないようなはずかしいことをしている写真が、奥さんやインターネットに流れることになるわね。それだけじゃすまない、まだイロイロあるでしょうよ」

悪逆無道《あくぎゃくむどう》とはこのことだ。

防衛大臣がまんまと首相になりおおせ、それを涼子が背後からあやつる。闇の女王に支配されたゼンドーレン内閣の誕生である。たしかに二週間に一度くらい、日本国存亡の危機がおとずれそうだ。これは断じて阻止《そし》しなくてはならないが、いまの私には手にあまるし、いわば長期的課題として後日《ごじつ》を期するしかなさそうだった。

IV

私にはまだ疑問があった。

「で、岸本の役まわりは何だったんです？」

「ああ、岸本ね」

つまらなさそうに応じながら、涼子はふたりのメイドに手ぶりで、自分の傍《そば》にもどるよう指示した。

「泉田クンはそもそも何で岸本をあやしいとにらんで拷問したの？」

「尋問です」

答えながら私は手を伸ばして岸本の襟首をつかんだ。岸本は、この場から逃げ出すことは不可能でも、せめて私の傍から離れようと、背を見せたところだったのだ。

「あなたからついてくるよういわれたのに、岸本はそれを拒否しました。いつもなら考えられないことです。彼は危険を察知する能力が発達してますから……」

「それってカイカブリじゃないの」

「かもしれませんが、だとしたら思いあたるフシがあって、いずれにしてもついていくのはまずい、と判断したんでしょう。なぜそう判断したのか本人に尋《き》いてもいいですが」

岸本の襟首をつかんだ手に、力をこめる。

「ひえー、いいますいいます」

「ちょっと、泉田クン、あたしと岸本と、どっちを信用するの？」

「あなたが話してくださらなければ、岸本を信用するしかありませんよ」

私としては最大限の交渉技術を弄《ろう》したつもりだ。女王陛下は私を見つめ、わざとらしく天をあおいでみせた。

「わかったわよ。イヤね、泉田クン、このごろお由紀の悪い影響を受けてきたみたい」

「どういう意味かしら」

由紀子が気色《けしき》ばんだが、一瞥《いちべつ》をくれただけで涼子は私に答える。

「ま、岸本にはそれほど重大な任務をあたえたわけでもないのよ。防衛大臣のやつをゼンドーレンにひきずりこむ、というのがひとつ。悩みがあったらあたしに相談するようすすめるのがひとつ。それ以後のことは、あたしと大臣との間で決めたんだから、岸本は関係ないの」

「そ、そうなんですよ、ボクたいした役まわりじゃなかったんです。それなのにあんなにイジメられて……」

「さっさとそういえばよかったじゃないか」

冷たく岸本を突き放しておいて、私は上司に念を押した。

「確認しておきますが、ゼンドーレンなる団体をでっちあげたのは、あなたですね」

「ウン」

「ゼンドーレンのスポンサーもあなたですね」

「そうよ。だってあいつらが自分で会費なんか出すと思う？　他人にたかることしか知らない連中なんだからさ」

「そうまでして、ゼンドーレンをつくった目的は何ですか」

「かわいそうなオタクたちの人権と幸福を守るため」

「ほんとうのことをいってください」

「ほんとうよ。だって、あいつらを放置しておいたら、欲望を発散させる場もなくて、いずれ暴発するに決まってる。そして権力を悪用して、隠蔽《いんぺい》しようとするわ。そうなったときの害毒をふせぐために、あたしは私費を投じて檻《おり》をつくってるの。感謝されこそすれ、非難されるイワレはないわね」

両手を腰にあてて、涼子は胸を張ってみせた。「開きなおる」という日本語の、生きた見本だ。この魔女王《ウィッチ・クイーン》はまったく日本という国をどう料理するつもりだろう。

「あら、あたしは日本国を愛しているからこそ、ときにはショック療法が必要だと思うのよ」

ウソをつくな、ショックをあたえること自体が目的のくせして。

「さあ、もうずいぶんムダな時間を費《つか》っちゃったけど、ついでだからあと一問だけ許してあげる。何か尋《き》きたいことないの？　ないんだったら、リュシエンヌとマリアンヌが通路を確保してくれたことだし、さっさと地下にもぐるわよ」

「それではもうひとつだけ。金森老人から情報を得た後、黒林博士はどうやって短時《たんじ》日《じつ》のうちにヤマガラシを手にいれたんでしょう」

「それ、順序が逆よ」

「どういうことです？」

「黒林のやつ、以前から、ヤマガラシを手にいれてはいたのよ。ただ、それがヤマガラシだとは知らなかったの」

「ああ、なるほど」

私は大きくうなずいた。比喩《ひゆ》として正しいかどうかわからないが、素人《しろうと》が骨董品《こっとうひん》を手にしたようなものだろう。由来《ゆらい》と価値を知るために、専門家を訪ねた、というわけだ。その結果どうなったかを知る身には、金森老人の無念が思いやられる。

「ヤマガラシの、もうすこしくわしい生態とか、やっつける方法とか、金森老人の資料には書いてあったはず。黒林にとっては、とても他人に知られるわけにはいかなかったのよ。さて、どう、これで納得した？」

「はあ、まあ」

しかたなく私が答えると、涼子は急に、いかにも上司っぽい態度で私の肩をたたいた。

「泉田クンのいいたいことは、よくわかるわよ。そりゃあ不満もあるでしょうし、あたしも上司としてココロぐるしいわ」

「ココロぐるしい？」

「でも、への一番のやつは新宿御苑の草木をゼンブ枯らして、東京都民から緑をうばったのよ。こんな環境の敵を放っておくのは、君も警察官として残念だし、くやしいでしょ？」

たしかにそのとおりである。だが、良識の敵に「環境の敵をたおせ」とそそのかされてもなあ。

「たしかに、お涼のいうとおりね。経緯《いきさつ》はともかく、黒林という人物を放置しておくわけにはいかない。地上であろうと地下であろうと、わたしはいきます」

由紀子が決意を披瀝《ひれき》した。それに対する涼子の態度の悪いことといったら。

「あ、そう、せいぜいがんばってね。で、泉田クンは？」

「いきますよ」

いかないとは最初からいっていない。できるだけ自分を納得させたかっただけだ。

このあたりで時間的にも限界だろう。

「それじゃ、今度こそほんとうに出発！　めざすはヤマガラシの巣よ」

涼子の声に、岸本のぼやきがかさなる。

「地下なんてもぐっても、いるのはモグラかミミズぐらいでしょ。イヤだなあ、ミミズがうじゃうじゃ……あれ、泉田さん？」

不審げな声を、岸本が発したのは、私の足が急停止してしまったからだ。

盲点だった。そうだ、地下にはミのつく細長い生物がいて、土壌《どじょう》を肥沃《ひよく》にするためせっせと活動している。えらい生物だなあ。だが私はその生物がニガテなんだ。

岸本の予測がはずれることを祈りながら、私はふたたび足を踏み出した。

第八章　怪人＋怪物＋怪獣

I

私たちは地下を歩みはじめた。最初はせまくるしい通路で、かためた土に木の枠がはまっている。間断《かんだん》なく、少量の土が落ちてきて何とも気分がよくない。懐中電灯に照らし出された地面には、足跡らしいものは見られなかった。

不安を振りはらうためか、岸本が声を出した。

「よくこんなもの掘れましたねえ」

由紀子がキマジメに応じる。

「太平洋戦争のときには、防空壕《ぼうくうごう》という名目があれば、地下を掘ることができたはずですものね。まして、軍用物資を保管するとでもいえば、かなり大がかりな工事も可能だったでしょう」

「フン、秀才ぶっちゃって」

発言の主がだれであるか、いちいち記す必要もあるまい。

薬師寺涼子に対して、私が、無条件で感心していることがある。それは勇敢さという点で、いっそ無謀といいかえるべきかもしれないが、どのように未知で危険な状況であっても、かならず彼女自身が先頭に立つのだ。いざとなれば、ためらうことなく岸本をギセイにするだろうが、それも敵と戦うための方策《ほうさく》であって、自分ひとりだけ助かるためではないと思う。たぶん。

「ここからセメントになってるわね」

由紀子が懐中電灯の光を向ける。

「見りゃわかるわよ」

むき出しの貧乏くさいセメントの上に、バス停留所の標識みたいな立札が立っている。

「危険　立入禁止　東京都」

日付が昭和の三〇年代後半だ。いまや伝説となった東京オリンピックの工事中に、地下道が発見され、そのまま手つかずで放置されているのだろうか。お役所のやることだから、担当者が交替したらそれっきり、なのかもしれない。

それにしても、こんな場所で闇の中から攻撃されたらどうなることか。

薬師寺涼子は射撃でも剣でも格闘術でも無双の天才ぶりを誇る女戦士だが、離れた場所から狙撃されたら、これればかりは防ぎようがない。

至近《しきん》距離からねらわれたら、そのときはどうする？

私が盾《たて》になるしかないだろう。

懐中電灯のつくる光の輪がかさなりあって、気のめいるような灰色の硬《かた》い道を照らし出す。生命の危険にさらされたことは何度もあるが、今回は死んだらそのまま埋葬《まいそう》ということになってしまう。

むろん、すすんで生命をすてるつもりはなかった。うかつに死んだら、岸本明のやつにどんな弔辞《ちょうじ》を読まれることやら、知れたものではない。「ゼンドーレンの同志だった」などとありもしない経歴を捏造《ねつぞう》されたあげく、棺桶《かんおけ》にレオタード戦士の人形をいれられるかもしれないのだ。岸本がそんなマネをしたら、やつの手をつかんで棺桶に引きずりこんでやるつもりだが、なるべくならそんなことにならず、無事に生還したいものである。

岸本はというと、私のすぐ前を歩いている。最後尾を歩かせたら、いつ逃げうせるか知れたものではない。もっとも当人は前後を強力な味方にはさまれたと思って、いまや妙に安心しているようでもある。振り向いて問いかけてきた。

「ここ、地上だと、どのあたりになるんでしょうね」

「見当もつかんな」

「山梨県とか群馬県とかですかねえ」

「まだ三〇分も歩いてないのに、山梨県に着いてるわけないでしょ！　あんたは加速装置でも使ってるの!?」

「お涼さま、古いＳＦ読んでますね」

「うるさい、さっさと歩かんか」

何しろ地下深くのことで、携帯電話にしろ全地球測位システム《GPS》にしろ、電波などとどかない。とりあえずたよりになるのは、方位磁石と強力なライトだけである。暗視装置《ノクトビジョン》は、相手からライトをあびせられたら一瞬で無力になるだけでなく、こちらの目をやられてしまう。

頭上にはセメントの天井があるが、何とも低い。私が背伸びしたら頭がぶつかって、ついでにセメントが剝落《はくらく》してくるだろう。つい前かがみになるが、それがつづくと背や腰に張りを感じるようになる。

通路は幅もせまく、両手をひろげると左右の壁についてしまう。壁はセメントすら貼られておらず、湿った土がむき出しだ。物資の欠乏した時代に、人力だけで掘られたのだろう。

やがて通路が上、左、右の三方にひろがった。天然の空洞へとつながったようだ。壁が土でなく岩盤に変わった。床もセメントではなく、岩になる。湿った冷気が顔をなでた。

「足もとに注意して」

涼子がそういって、歩き出そうとした足をすぐにとめた。前方から音が流れてきたのだ。人の話声だった。光もちらついている。涼子が低声《こごえ》で命じ、私たちは懐中電灯を消した。用心しつつ前進する。

岩の地面は思ったほど歩きにくくはなかったが、一〇〇メートルほどの距離を五分以上かかった。岩壁の端からのぞくと、天然の地下駐車場といった印象の岩の空洞がひろがっていた。一〇人以上の人影が動きまわり、各処に撮影用みたいなライトが設置されている。

「何ですかね、ホームレスの人たちがはいりこんでるんでしょうか」

最初、岸本とおなじことを私も考えた。だがホームレスの人たちにしては妙だ。動作に一定の規律があるし、どうやら若い男ばかりで、しかも服装がおなじらしい。制服を着たホームレスの集団などあるものか。

四輪駆動車《4WD》やオートバイの姿まであった。

地下空洞の存在を知った軍事オタクたちが、秘密基地ごっこでもやっているのだろうか。答えはすぐわかった。由紀子がささやいたとき、私も彼らの正体を見ぬいた。

「あれ、首都戦士東京の制服じゃない？」

「どうやらそうらしいですね」

ベレー帽とコンバットスーツ、スカーフとブーツ。いずれもオレンジとグリーンの縞模様だ。腰には特殊警棒をさげている。

首都戦士東京のメンバーは、総計五〇〇人に達するという。制服やら各種装備やら、活動資金はどうなっているのか、興味深いかぎりだ。

「あやしいな、こんなところで何やってるんだろ」

自分のことを棚にあげて涼子がいい、身動きしたとき、足もとで小石がはねた。

「おい、誰だ、お前ら!?」

誰何《すいか》の声につづいて、強烈なライトが向けられてきた。威嚇《いかく》するような叫びと靴音があつまって、警棒や金属バットを持った男たちが私たちを半包囲する。

「テロリストじゃないだろうな」

「それはこっちの台詞《せりふ》よ。あたしたちは警察の者よ」

「警察？　ウソつけ」

「泉田クン、無知なやつらに教えておやり」

上司の命令を受けて、私は歩み出た。警察手帳を開いて突き出すと、リーダー格らしい男の声が要求した。

「こちらへ投げてよこせ」

「そこまでする筋合《すじあい》はない。こちらへ寄ってよく見ろ」

にらみあいになる。女性たちの姿を見て、首都戦士東京のメンバーたちが賛歎と、かるい興奮のささやきをかわしあう。と、ひとりが高い声で仲間たちに告げた。

「あっ、おれ知ってる、あのえらそうな女」

「誰だ」

「ドラよけお涼だよ、ほら、教えられたろ、要注意人物だから気をつけろって」

鋭く私はあびせかけた。

「警視庁の要職にある人物を、要注意人物とはどういう意味だ。責任者、出てこい。こんな場所を占有して何をしていたか、聴かせてもらおう」

いささか頭ごなしの態度だが、ここは強く出る必要がある。交錯する光の輪のなかで、メンバーたちは動揺を見せた。涼子の存在を確認したからには、真物《ほんもの》の警察だと知れたはずだが、好戦的なやつがいるらしい。

「おい、この場所のこと知られたらまずいぞ。あとでおれたちがつるしあげをくう」

「めんどうだ、やっちまえ、あとは都知事がどうとでもしてくれるさ」

群集心理もあったろう、にわかに動き出す。

「警視、どうします」

「こんなやつら、リュシエンヌひとりで充分よ。手を出さないで」

涼子はむしろうれしそうだった。地下にもぐって、これまで歩きつづけるだけだったから、さぞつまらなかったことだろう。

「リュシエンヌ、やっておしまい！」

そういったにちがいない。茶色の髪を揺らして、美少女のひとりが進み出た。まるでフィギュアスケートの選手さながら、すべり出ると表現すべき優雅さだ。

リュシエンヌの手には、奇妙なものがあった。鶏卵《タマゴ》かと思ったが、ひとまわり小さい。それが二個あって、細い銀色の鎖《くさり》でつながれている。

鎖の長さは、すぐにわかった。リュシエンヌが両手でそれを左右に張り、両端がぶらさがったからだ。三メートル弱というところだろう。一〇人以上の男たちを前に、恐れる色もなくたたずむ。

「おい、ねえちゃん、男にはむかうような女は、どんな目にあっても自己責任なんだぜ」

「教えてやれよ、男のコワサをよ」

首都戦士東京のメンバーたちは、このときになっても、まだ本気ではなかっただろう。一〇秒後には本気になった。だがそれではおそすぎたのだ。

リュシエンヌの身体が、ふわりと音もなく宙に浮いた、ように思えた。同時にその手元から、銀色の光が走った。金属製のタマゴの一個が、地下の空気を裂いて、メンバーのひとりの顔面をおそう。鼻孔《びこう》から血を噴《ふ》いて、男は上半身をのけぞらせた。

ほとんど同時に、もう一個のタマゴが、反対方向に飛んで、ふたりめの口もとを撃った。白いものが飛散したのは、くだかれた前歯だ。

ふたりの男が顔面をおさえてひっくりかえる。三人めの男が怒号《どごう》とともに特殊警棒を振りおろしたが、無人の空間をたたいただけだった。

リュシエンヌは左右の足を同時に地につけることがない。身体ごと回転し、跳躍し、銀色の鎖の中央をにぎっては二個のタマゴを宙に飛ばす。ふたりの男が同時に眉《み》

間《けん》と鼻を打たれ、一転して地に落ちる。それで終わりだった。

II

「一二人を一分と九秒」

涼子が時計の文字盤から目を離した。リュシエンヌが男たちに目を向けたまま後ずさりにもどってくる。

「よくやったけど、闘技ではマリアンヌに一歩およばないわね。マリアンヌなら一分はかからないから。でも、えらいぞ」

手をあげてリュシエンヌの茶色の髪をなでた。リュシエンヌがうれしそうに微笑する。

そのとき何かが動いた。

マリアンヌが顔を動かすと、表情も変えずに、手もとから銀色の光を走らせた。一〇メートルほど離れて、うろたえた悲鳴と、激しく転倒する音が生《しょう》じた。

駆けよって私が見たものは、両脚をぶざまにばたつかせる若い男の姿だ。銀色の細い鎖が両ひざにからまっている。マリアンヌの手練に舌を巻きながら、肩をつかんで引きおこした。ほとんど同時に、駆けつけた涼子が銃口を側頭部に押しあてる。

「さあ、キリキリ白状おし」

男は表情をひきつらせて無言である。涼子が危険な笑みを浮かべるのが見えた。

「官憲にさからう気だな。反日分子として処刑する」

「うわっ、やめろ」

「お涼！　冗談もほどほどになさい」

室町由紀子がしかりつける。冗談なんかではない、と思いつつ、私は、できるだけさりげなく涼子の拳銃を押しやった。

「チェッ」

涼子は音高く舌打ちした。

「反日分子と認定した相手には、どんなことをやってもいい、という時代になった、と思ったのになあ」

「そんな時代は永遠に来ませんよ」

「あら、そうかしら。メディアやインターネットの世界ではとっくにそうなってると思うけど」

うそぶく涼子を横目に、由紀子が、説得を開始する。

「あの女《ひと》をこれ以上、怒らせないほうがいいわよ。すくなくとも、あなたたちが公務執行妨害の罪を犯したことは、たしかなんだから。こちらが質問することに答えなさい」

「カンベンしてくれよ。オレ下っぱで、たいしたこと知らないんだから」

男の声も身体も、ふるえがとまらないようだ。人数も武器も制服も、たよりにならないとあっては、女性たちの美しさを観賞するどころではないだろう。

手ぎわよく由紀子が質問をかさね、回答を引き出していく。首都戦士東京のメンバーたちは、半年ほど前、ひったくりの犯人を追って地下鉄日比谷《ひびや》線の古い駅を捜索していたとき、偶然、この地下空間を発見した。いかにも秘密基地らしい雰囲気が気にいり、大規模な演習や備蓄の場所として使っているという。自分たちで地図も作製中ということだった。そのあたりの話になると、おびえているくせについ得意げな口調になるのが笑止《しょうし》である。

由紀子がかるく柳眉《りゅうび》をひそめる。

「演習って、あなたたち、まさか、クーデターでもたくらんでたんじゃないでしょうね」

「ま、まさか」

メンバーはうろたえて否定した。

「いくら何でも、そこまでは考えてない。ただ、都知事は私兵《しへい》が必要だったんだ。警視庁がなかなかいうことをきかないんで、思いどおりに動くグループをつくって、それを東京じゅうに拡張して……」

都知事を支持するデモ行進をしたり、逆に、都知事に反対する者の家へ抗議に押しかけたり、他の民間パトロール団体を統制したりして、都知事の勢力を拡大する予定なのだ、という。

涼子の表情がひときわ不穏になった。

「都知事のやつ、それほど首相になりたがってるわけ？」

「い、いや、どんなに若づくりしたって、もう老齢《とし》だから、自分が首相になるのは半分以上あきらめてる。でも息子たちがいるから、彼らを首相にするため、どんなことでもするつもりなんだ」

「そうなったら、あんたたちも甘い汁が吸えるってわけね」

「甘い汁ってわけじゃ……ただ、公的な地位と予算をつけてくれるっていってた」

由紀子が二、三度頭を振る。

「まるでナチスね。親衛隊とか突撃隊とか、世界史の教科書を思い出すわ」

「たいしたことないわよ、都知事ご当人が女性のお尻に押しつぶされてるテイタラクだもの。ま、ほんとうに危険になる前に、あたしが息の根をとめてやるけどね。さて、こいつらにいつまでもかまっていられないわ」

首都戦士東京のメンバーたちは、まとめて手錠でつながれた。彼ら自身が持っていた手錠である。Aの左手とBの右手、Bの左手とCの右手、Cの左手とDの右手……という具合に全員がつながれた。手錠の鍵はまとめて涼子があずかる。

涼子は何台か並んだ車を見わたした。

「せっかくこいつらがいい車を持っているんだから、使わせてもらおうかな」

「予定どおりですね」

「そうよ」

まるで悪びれない回答である。もしかして、首都戦士東京のメンバーたちが地下で秘密基地ゴッコをしている、と涼子はすでに知っていたのではないか。そううたがってカマをかけてみたが、あっさりいなされてしまった。

「ほら、もうこんな場所に用はないから、いそいで」

役者がちがうな、と思いつつ、屋根のない四輪駆動車《4WD》の助手席に乗りこむ。運転席には女王陛下がすでに陣どっている。後部座席には由紀子と岸本。二台めの車にはマリアンヌとリュシエンヌが乗りこんで、違法捜査隊は進発した。

後方で、悪辣《あくらつ》な警察官をののしる民間人の声がしたが、力のない声だったので内容はよくわからない。いざというとき逃げ出せるように、足をつないでおかなかったのだから、感謝してほしいものだ。

車を走らせながら、涼子は、右へ左へと手錠の鍵を闇のなかへ放りこんでいく。発見するのは不可能だろう。地下にはネコやネズミが多数はいりこんでいるらしく、一度ならずその死体をタイヤがひいた。ライトに追われて闇へ逃げこむ影もある。

由紀子がかるく溜息をついた。死体を足で踏んだときのことを想像したのだろう。

「よかったわ、車を使えて」

「そうでしょ、あたしに感謝おし」

「首都戦士東京には感謝するけど」

「ひねくれたやつね。何ならここでおろしてやろうか。いけるところまでひとりで……」

涼子がいい終えないうち、震動がおきた。最初、空気が揺れて頬にぶつかった。半瞬の差で、車体が衝《つ》きあげられる。ついで、頭上から降りそそぐ音が鼓膜《こまく》を打つ。肩に小石や砂がはじけた。

危機を告げる叫び声。四輪駆動車《4WD》は猛獣のように前方へ躍り出た。砂や土くれが、無彩色のシャワーとなって、車体をつつむ。埃《ほこり》を吸いこんで、人間たちがせきこむ。車に屋根がないことを恨《うら》みながら、ようやく停車して振り向くと、あるはずのない土の壁が、車体の後部ぎりぎりにそびえていた。後続車の姿はなく、どうやら違法捜査隊は分断されたようだ。

いまいましげに涼子が、埃まじりの唾《つば》を地面に吐きすてた。

「チェッ、くずれたか」

「もうもどれませんよ。前進するしかありません」

「けっこう、あたし好みの展開だわ。このまままっすぐ蛇母神《スネークマザー》の黄金神殿をめざして進むわよ！」

「出典のわからないようなパロディはやめてください。それにしても、リュシエンヌとマリアンヌは、大丈夫なんですか」

「あたりまえでしょ」

満腔《まんこう》の信頼をこめて、涼子は力強くうなずいた。

「あたしたちが埋まらなかったんだから、あの子たちが埋まるはずないわ。別れ別れになったときどうするか、打ちあわせもできてる。あの子たちは来た道をもどって地上へ出て、上のほうで待機してくれてるから、心配いらない」

「上のほう」と涼子がいったのを、私は、「地上」とおなじ意味に解釈した。いずれにせよ、現在の私たちにはどうする術《すべ》もないし、マリアンヌとリュシエンヌの技倆《うでまえ》についてもっとも精確《せいかく》に知っているのは涼子だ。その彼女がまったく動揺していない以上、私があせる必要もない。

「では前進しましょう」

私とおなじ結論に達したのだろう、由紀子がそう提案した。

「何であんたが命令するのよ。出すぎたマネはおよし」

「出すぎたマネをする気はないわ」

「だったら、だまってついておいで」

四輪駆動車《4WD》はひたすら悪路を前進した。ライトが切り裂く闇は、一秒ごとに深く重くなっていく。それでも道はとぎれることなく、やや下り坂になりながら、東京の地下深くをつらぬいていた。

地下にもぐって一時間半。まさか山梨県まで到達したとも思えないが、すっかり異境まできてしまったような気がする。頭上に、世界最大の都市圏が高層ビルをつらねているとは想像しにくい。

だがついに私たちは目的地に到達したらしかった。首都戦士東京の秘密基地など問題にならないような、異様な場所に。

巨大な空洞だった。ドーム球場よりはひとまわり小さいだろうが、一万人規模の集会ぐらいは開けそうだ。すぐにそう判断できたのは、空洞全体が薄明るいからだった。浅い海の底で、水の膜を通して陽光をあびているような、奇妙な印象だった。

III

青白い光が空洞を満《み》たしている。電気の光ではなかった。その正体を知ったとき、私たちは車をおり、しばらく声もなく、光を発する昆虫の群れを見守った。

ようやく由紀子がささやくような声を出す。

「……これ全部ホタル？」

「ひええ、いったい何匹いるんでしょう」

岸本があえぐ。彼とおなじことを私も知りたかったが、にわかに見当もつかない。

球体の表面積を算出する式は、たしか$4\pi r^2$だったと思う。ｒは球の半径だから、四〇メートルぐらいか。空洞は半球形だから、それを半分にすればいい。一平方メートルに一〇〇〇匹のホタルがいるとして……。

「一〇〇〇万匹はいるわね」

涼子が概算すると、またぞろ岸本がよけいなことをいった。

「ひえー、人食いボタルだと、一〇万人は食べられちゃいますね」

だれも彼に応じなかった。空洞の中心にいる人物に、目を奪われたからだ。

長年の間に持ちこんだものか、小規模な学術探査隊のキャンプ場みたいな備品の小山があった。試験管、ビーカー、PC《パソコン》、折りたたみデスク、調理道具らしきもの。毛布やシーツがかさなるなかに、白衣の老人がいた。あきらかに私たちの姿を認めているが、歩み寄っても、反応をしめさない。

呼吸をととのえて、由紀子が話しかけた。

「黒林道義さんですか？　わたしたちは警視庁の者ですけど」

うめくような声が返ってきた。

「呼んだおぼえはない」

「こっちも呼ばれたおぼえはないわね」

涼子がご自慢の胸の前で腕を組むと、黒林博士であることを否定しなかった老人は、いやに赤く光る目で彼女を見すえた。

「だったら何しにきた、小娘ども」

男たちの存在は無視されているようだ。

「用があるからきたのよ」

「寄付金なら受けとってやるから、そこへ置いてさっさと帰れ」

「寄付金……!? うーん、あたし以上だわ、このジイさん」

涼子が驚歎した。毒舌でも天下無敵のドラよけお涼を降参させるとは、世にまれな偉業である。老科学者の態度に私は感心したが、好感を持ったわけではない。第一、私は、黒林博士の姿勢が気になってしかたがなかった。

上半身の薄よごれた白衣は当然として、下半身は椅子にすわっているのかどうかさえ、判然としない。シーツやら毛布やらをかさねて、それが小山のように盛りあがり、そこに下半身を埋めているのだ。いままでずいぶん多くの犯罪者の身柄を確保してきたが、すくなくとも、立つかすわるか歩くかぐらいの区別はついた。

おかまいなしに、涼子が問いかける。というより、頭ごなしに決めつける。

「新宿御苑の植物を枯らしたのも、玉泉園に人食いボタルを放したのも、都知事公館にネズミを送りこんだのも、あんたのしわざね」

「それがどうしたというのだ」

「いまの返答は肯定、自白とみなす。まだあるわよ。お台場のゴキブリ、六本木のハムスター、警視庁のムカデ、これもあんたのしわざね。他のことはいいとして、あたしのカーペットを台なしにした罪は重いわよ」

どうも利己的な主張だが、黒林博士はべつに反駁《はんぱく》しなかった。

「黒林以外に、そんなことをやれる者がどこにおる」

めずらしい例だが、黒林博士は、自分の姓を自称に使うらしい。

「いまの台詞《せりふ》、録音したわね、お由紀」

涼子に応じて、由紀子が手のＩＣレコーダーをかるくあげてみせる。

「したわ」

「だいじな自白なんだから、なくしたら責任とってもらうわよ。さて、動機を聴かせてもらおうかしら。何が目的で、ハタメイワクなさわぎをおこしたのか、いってごらん」

「テロを撲滅するためだ」

「どうしてそれが、テロを撲滅することになるの」

「いまの政府も官僚どもも低能ぞろいで、黒林の偉大さを理解できない。だから実力を見せつけて、黒林がどれほどの力を持っているか、教えてやる必要があるのだ」

「それだけじゃ低能でなくたって理解しにくいわよ。政府に対して、まだ何も要求してないでしょ」

「これからするつもりだった」

黒林博士は過去形を使った。そのことに私ですら気づいたのだから、明敏な上司が気づかないはずがない。

「だった、といったわね。とすると、気が変わったの？　もう政府に何か要求する気はないってわけ？」

「要求はせん」

「どうして？」

「要求する必要はない。黒林は命令するのだ。黒林の命令に政府をしたがわせるのだ」

どうも、どこかで見たような性格である。

「黒林を国賓《こくひん》として待遇し、無制限の予算をあたえ、外交でも軍事でも大臣級の発言権と拒否権をあたえ、都心に研究施設をあたえよ。さもなくば日本国は亡びるであろう！」

「亡びたほうがマシに思えるけどね。誇大妄想のくせして、何でもかんでも国からめぐんでもらおうってのがミミッチイわ。そんなことより、金森という人のことはどうなの」

「金森？」

「あんたにヤマガラシのことを教えてくれた人よ」

尊大《そんだい》に、黒林博士はうなずいてみせた。

「ああ、あの貧乏くさい、地方文化人きどりの老人か。あれがどうした」

「とぼけるんじゃない、あんたが殺したんじゃないの。それともボケて忘れてしまったの？」

涼子の詰問、というより挑発にも、黒林博士はいっこうに動じなかった。

「いちいちおぼえとらんだけの話だ。だが、ふん、だんだん思い出してきたぞ。まったく身のほどを知らんやつでな、黒林がやつに多少てつだわせてやったのを栄誉に思って、感謝すべきなのに、逆恨《さかうら》みしおった」

「逆恨みですって!?」

憤然としたのは由紀子だ。一歩すすみ出て、白いしなやかな指を黒林博士に突きつける。

「自分が長年、研究してきた成果を、だましとられたんですもの。怒るのが当然でしよう。あなたも学者なら、自分のおこないを反省したらいかが!?」

「いっておやり、いっておやり」

無責任に、涼子がけしかける。黒林博士はというと、由紀子のまっとうな抗議など歯牙《しが》にもかけなかった。

「いくら長年、研究しても、その成果をきちんとまとめて世に問うことができんのは、結局のところ才能がないからだ。だから無能なやつにかわって、黒林が研究の成果を世に出してやる。謙虚な人間なら、研究の成果が世に出たこと自体をよろこぶだろう。それを怒るのは、研究よりも自分の名を喧伝《けんでん》することのほうが大事だからだ。何という傲慢なやつか。そんなやつは、傲慢の罪を罰されて当然である。だから黒林が罰してやったのだ。何が悪い」

奇怪な論理で、黒林博士は、自分のやったことを正当化してしまった。詭弁《きべん》のきわみだと思うのだが、由紀子はマジメな優等生だけに、このような論法に案外よわい。白皙《はくせき》の頰を怒りで紅潮させたまま、とっさに再反論できないようだ。

「フン、いかにも一理ありそうね」

せせら笑ったのは涼子である。

「だけど、しょせん三流の詭弁よ。ヤマガラシについての研究成果がきちんと世に出てるならともかく、あんたが独占して、しかも悪用してるんだからね。あんたは他人の努力の結晶をだましとった詐欺師でコソドロよ。それが何えらそうなことホザいてるのさ」

「そうよ、いってやって！」

今度は由紀子が宿敵《ライバル》を応援する。涼子は気持ちよさそうにそっくりかえったが、黒林博士はまだ自分のペースをくずそうとしない。

「いずれにせよ、政府の税金ドロボウどもは、黒林を死刑にすることなどできん。あの人食いボタルどもを、どうやって創《つく》りだしたか。ネズミやゴキブリをどうやってあやつったか。知る者は黒林だけだ。黒林を死なせれば、偉大な秘密が闇に葬られる。国家のためにも学問のためにも、この上ない損失だからな」

「偉大な秘密？　不潔な秘密じゃないの。ゴキブリを自由にあやつったとして、それがどう世の中のためになるっていうのさ」

もしかして涼子は、自分自身が悪用するために、黒林博士の秘密を尋《き》き出そうとしているのではないだろうか。私は疑惑をいだいたが、この時点で口に出すのはさしひかえた。

「すべて日本のためだ。愛する祖国を、にくむべきテロリストどもの手から守るためだ」

「とかいうけどさ、あんたのかわいいゴキブリやムカデのおかげで、死傷者が何百人も出てるのよ。ほとんど日本人なんだけど」

「ふん、ちっぽけな被害が何だというのだ。国を守るために多少の犠牲が出るのは当然ではないか。テロを撲滅するためなら、黒林はどんな流血にもひるみはせんぞ」

わざとらしく、涼子は吐息した。

「あんたも日本人ならさ、『本末転倒《ほんまつてんとう》』という四字熟語を知ってるでしょ。あんたの人生そのものだけど、そろそろシオドキじゃない？」

「どうしろというのだ」

「あたしたちといっしょにおいで。警視庁に出頭するのよ」

「罪名は？」

「殺人、傷害、器物破損、とりあえずそれだけで充分でしょ。ほら、おいで」

「黒林がおとなしくついていくとでも思っておるのか」

「思ってないけど、つれていくわよ。抵抗したかったらしてごらん」

涼子はむしろそれを望んでいるのだ。危険な眼光で、黒林博士を見すえた。

「優秀な頭脳と強靭《きょうじん》な肉体……」

黒林博士は呪文《じゆもん》めいた口調でうめいた。

「その両者が融合したとき、完璧な生物が誕生する。その実例を見せてやろう。小娘め、腰をぬかすでないぞ」

IV

私の神経網に悪寒《おかん》の点が生じ、急速に拡大していく。眼前にいるマッド・サイエンティストは、何か途方《とほう》もなくおぞましいものに変貌しつつあった。わずらわしげに白衣をぬぎすてると、アンダーシャツは着ておらず、裸の上半身があらわになる。

「どうだ、見たいか、青二才？」

指を突きつけられて、岸本が文字どおりとびあがった。あたふたと手足を動かしたあげく、両手で顔をおおう。

「い、いえ、見たくないです。見せないでください」

「遠慮するな、とくと見るがいい」

「ひえー、露出狂のマッド・サイエンティストなんてイヤだあ」

岸本がナゲくのはもっともだが、黒林博士はべつに特殊な性癖を誇示するつもりはなかったらしい。咆《ほ》えるように笑うと、両手で毛布やシーツをわしづかみにし、左右へはねのけた。

さて皆さん（だれのことだ）、想像してみてほしい、この生物の姿を。白髪を振りみだし、黄土《おうど》色《いろ》の肌に紫色の斑点を浮かべた老人の上半身。下半身はひとことでいうと……とてもいえない。

それは膨張しつつあった。いや、全容をあらわしつつあったのだ。床があるべきところに、じつは大きく深い穴があって、シーツや毛布がはねのけられると、下方の空間に隠されていた物体が穴の外へとはみ出してくる。

茫然と私たちは見守っていた。傍観《ぼうかん》せず、どうにかすべきだとはわかっていたが、どうすればいいか、皆目《かいもく》わからなかったのだ。

「お、お涼さまあ、どうするんですか」

岸本がうろうろと右を向き左を向く。

「うーん、ここまでは、さすがにあたしも想像しなかったわね」

さすが超常識人の薬師寺涼子も、妙に感心してしまったらしい。形のいい顎《あご》の先を指先でつまんだ。

「黒林道義と、への一番と、ヤマガラシとが合体していたなんてね。どうりで事態が複雑化したはずだわ」

「そもそも、への一番なんてコードネームが必要だったんですか？　最初から黒林博士とわかっていたんだから、そう呼べばすんだことじゃないですか」

「泉田クン、いまそんなイヤミをいってる場合なの!?　逃避せずに現実に立ち向かうべきでしょ！　でないと、あたしたち、まとめてあいつに殺されてしまうわよ」

「おっしゃるとおりですが、どう立ち向かえばいいんですか」

「それくらい自分でわからないの!?」

「わからないから、うかがってるんです」

黒林博士の胴がますますふくれあがる。その間、岸本は、この男なりに必死で目をこらしていたらしい。

「ど、どうやって縫いあわせたんでしょうね、針と糸を使ったのかな。つぎ目が見えませんよう」

私が答えるより早く、涼子の左手がのびて、岸本の髪の毛を乱暴につかんだ。

「あいた、あいたた、ごムタイな」

「すくなくとも、あんたの髪の毛は使わなかったみたいね」

涼子の右手には、いまや拳銃がある。だが黒林博士の胴体はともかく、顔が人間のものであるだけに、発砲をためらったようだ。意外なことだが、テキサスの警官より平和的なのだろうか。と思ったら、岸本に発砲の責任を押しつける気らしい。

「あんただって、自分の拳銃を持ってるでしょ。総監が許可くれたんだしさ。ほら、撃ってごらん」

「撃ったってあたりませんよう」

「なさけないわね、射撃訓練で何をしてたのさ！」

「だ、だってボク、入庁のときいわれたんですよお。キャリアの仕事は部下に銃を撃たせることで、自分で撃つことじゃないって……」

「だれにいわれた、名前をいってみろ！」

「あいた、あいたた、ひっぱらないで」

キャリアどうしのみっともない争いに、異形《いぎょう》と化した黒林博士の狂笑《きょうしょう》がかさなる。

「見よ、黒林は汝《なんじ》らのような下等生物と異《こと》なり、食物など必要ない身体になったのだ。新宿御苑にはえておった植物すべての生命力を吸いとったのだからな。おお、全身にみなぎるこの偉大な力よ！」

「自分は歩く新宿御苑だとでもいいたいわけ？　あいにくと、あんたを見ていても都会人の心は癒《い》やされないわよ」

毒づきながら、涼子の視線は油断なくヤマガラシの弱点をさぐっているようだ。

「口のへらない小娘め、黒林が生命力を吸いとれる相手は植物だけだとでも思うか。そこのいやにコロコロと血色のいい青二才を、一分でミイラに変えてやろうか」

「ひえー、夢ならさめてください」

岸本が泣声をあげる。

「怪人と怪物と怪獣と、ひとつだけでもイヤなのに、三つまとめてなんて、ボクもう限界ですう。お涼サマ、はやく、はやく、車に乗って逃げましょうよお」

「がばあッ」

実際にそんな音がするはずはないが、漫画だったら大文字で擬音《ぎおん》が描きこまれるところ。それまで徐々にふくれあがっていた黒林博士の下半身が、爆発的に巨大化した。青白い腹のあたりに口らしきものが開くと、これまた音をたてる勢いで粘液が噴出する。

「よけて！」

いわれるまでもない。後方に跳《と》んで、私は粘液から身をかわした。

粘液が湿った音をたてて、激しく空洞の地面をたたく。

有害かどうかはわからないが、触れるどころか近づくのもイヤだ。

いまや黒林博士は全身をあらわした。

サイだと思ったらゾウだった。ゾウだと思ったらクジラだった。いまや黒林博士は怪生物全体の体積のなかで、一万分の一ていどしか占《し》めていない。他の部分は、ホタルの光を反射してのことか、青白くぬめぬめと光る巨大な軟体動物だった。まだ黒林博士の形状をたもっている頭部は、大空洞の天井にせまる高さにある。青白い皮膚がゼリーのように波うつと、粘液がにじみ出てきた。

「うわー、ナメクジだあ、あははは、おおきいなあ」

限界をこえてしまったのか、岸本の声がうつろに明るい。その身体が前後に揺れはじめる。

「どんなに大きくたって、ナメクジはナメクジよ。とすれば、やっつける方法はあるわ、わかるでしょ、泉田クン」

まさかと思いつつ、私は応じた。

「塩ですか」

「そうよ。ほめないわよ。小学生だってわかることだもんね」

涼子が拳銃を左脇のホルスターにおさめる。私はあわてて腕を伸ばした。岸本がふらふらと倒れこんできたからだ。涼子にも由紀子にもまかせられないので、結局、私が岸本をかかえこむしかない。

「ですが、あんな巨大なナメクジをとかすには、何千トンもの塩が必要ですよ」

「塩なんか無限にあるわよ。資源小国の日本だって、塩だけは自給できるんだから」

「お涼」

由紀子が短く呼びかけた。声がこわばっている。パニックにおちいらないのはさすがだが、限界が近そうだ。私もようやくの思いで声を出した。

「やつを海までつれていくつもりですか⁉」

「そうよ、羽田《はねだ》沖か、お台場か、それとも……」

口調を変えて、涼子は命じた。

「車に乗って！　走りまわってあいつを海へ引きずり出すから！」

それ以外に、何か方法はないのか。さしあたっては、なさそうだった。涼子が、まるで見えない羽でもはえているかのような身軽さで、四輪駆動車《4WD》に駆け寄る。つづいて由紀子も走り出し、一度つまずきかけたが体勢をたてなおした。私に声をかける。

「泉田警部補、はやく！」

私は岸本の身体をかかえこんでいたので、女性たちのように身軽くは動けなかった。放り出してしまいたいのはヤマヤマだが、まだその段階ではないような気もする。岸本の襟首をつかんだが、しめ殺されるカエルみたいな声を出された。しかたなく両腋《りょうわき》の下に手をいれて引きずりはじめる。

その瞬間。黒林博士のまがまがしい哄笑《こうしょう》が大空洞いっぱいにとどろいた。

「オロカ者どもめ。逃げられると思うなら、やってみるがいい」

四輪駆動《4WD》車の手前で、地面の一部が盛りあがった。音もなく波うつ。どす黒い、やわらかい、弾力のありそうな紐《ひも》状の生物がわいて出た。何千も何万も、うじゃうじゃと。

由紀子が悲鳴をあげようとして、声が出ず、そのまま立ちすくむ。涼子ですら、突進することができなかった。急停止し、さらに一、二歩、心ならずもしりぞく。

私には、彼女たちを笑う権利も批判する資格もない。眼前にひろがる、おぞましい生きた紐の海。その存在を否定しようと、脳細胞がむなしくあがく。

ミのつく生物の群れがそこにいた。

第九章　原形質からやりなおせ

I

気がついたとき、私は四輪駆動車《4WD》の前に立っていた。黒いカーテンが開かれたように、視野が開ける。呼吸と鼓動の音が、急速にしりぞいて、私は、冷たい汗が額《ひたい》から頬《ほお》へ流れ落ちるのを感じた。

「こら、泉田クン、おろしなさい、おろせ！」

「は……？」

「泉田警部補、おろして！」

最初に聞こえたのは薬師寺涼子の声で、私の右側からひびいた。つぎに聞こえたのは室町由紀子の声で、私の左側から伝わってきた。つまり私は、ふたりのエリート女性警察官僚に左右をはさまれているのか。

　両腕が、何かの重さを知覚している。何かの物体を、私は左右それぞれの腕にかかえこんでいた。それが、やわらかいだけでなく、どうも動いているようだ。しかも、両足を踏んばっているのに、妙に靴底がヌルヌルする。

　私は右を見、左を見た。映像が理性的判断にようやくむすびついて、自分の現在の姿がわかった。

　私は右の腕に涼子を、左の腕に由紀子をかかえこんでいたのだ。

「し、失礼しました……！」

　反射的に手を放さなかったのは、私としては上出来《じょうでき》である。できるだけ慎重に、ふたりの美女を地に立たせた。背筋《せすじ》を伸ばすや、涼子が憤然と私をにらみつける。

「あたしをお由紀といっしょにあつかったわね。上司に対して、そんな行為が許されると思ってるの!?」

　由紀子の発言は、涼子よりもうすこし建設的だった。かるく息を切らしながら、額のあたりをなでる。

「泉田警部補、お礼はいうけど、もうすこし、他の方法はなかったのかしら」

「あの、私、いったい何をやったんでしょうか」

おそるおそる尋《き》いてみると、ふたりの美女は異口同音《いくどうおん》に問い返した。

「おぼえてないの!?」

「意識が飛んでまして……何か失礼なことをしましたか」

涼子が私の鼻先に指を突きつけた。

「君は、あたしとお由紀を荷物みたいに両脇にかかえこんで、ミミズどものただなかを全速力で突破したのよ！」

「え」

「あたしのことを哺乳類《ほにゅうるい》ばなれしてるとかいってヒボウしてるけどさ、君のほうこそよっぽど野生動物に近いじゃないの。そういえばうなり声もあげてたみたいだけど」

私は眩暈《めまい》がした。靴底のヌルヌルの意味を理解して、たぶん顔色も変わったと思う。そのとき、背後から、極度になさけない泣声がひびいた。岸本の声だ。

「うわーん、ひどいひどい、ボクだけ置いていくなんて。泉田サンはボクなんかどうなってもいいんだあ！」

そのとおりだが、口には出せない。由紀子が人道的な台詞《せりふ》で私をうながす。

「岸本警部補を助けなきゃ」

「申しわけありません、ミのつく生物の群れをふたたび突破するのは、私には不可能です」

私は目を閉じてしまった。頭をカラッポにしないと、ミのつく生物の群れを想像して、手足が凍りついてしまう。

涼子がどなった。

「しようがないわね、ふたりともさっさと車にお乗り！」

由紀子が後部座席に、私が助手席に、それぞれころげこむ。涼子は自身も運転席にとびこむと、ただちに発車した。タイヤをきしませて方向転換すると、ミのつく生物の群れをひきつぶして突進する。大殺戮《さつりく》ではあるが、だれが私たちを非難できるだろう。

へたりこんだ岸本の前に車がとまった。

「岸本、お乗りッ」

「あわ、あわわ、あわわわ……」

「さっさと乗らないと、おいていくよ！」

その一言には、劇薬のような効果があった。岸本は「ぴょーん」と飛びあがって後部座席におさまったのだ。目に見えない巨人が、岸本の身体をつまみあげて、車内に放りこんだみたいだった。何だかどいつもこいつも人間離れしてきたような気がする。

　涼子がきびしい声を岸本に投げつけた。

「いずれ恩は一〇〇倍にして返すのよ！　恩を知らない人間はケダモノにも劣るんだから」

　もっともな台詞《せりふ》に聞こえるが、もともと岸本はムリヤリ涼子に地下までつれて来られた身である。岸本を恐怖で惑乱《わくらん》させた責任は、涼子にあるはずなのだが、つごうの悪いことは脳裏《のうり》の地平線の彼方《かなた》へ放り出すのが、精神の健康をたもつ最良の方途《みち》ではあろう。

　涼子があざやかにハンドルを切る。間一髪《かんいっぱつ》で、四輪駆動車《4WD》は、ヤマガラシとの衝突を回避した。憤怒《ふんぬ》のとどろきが頭上にひろがる。私たちがミのつく生物の群れを突破してしまったので、予想外だったらしい。

　四輪駆動車《4WD》は巨大空洞の出口へと突進し、白骨の小山を吹きとばした。小動物の骨がうずたかくつもっていたのだ。

「あのネズミやらハムスターやらは、人食いボタルどもの餌として飼われてたのよ。生きた肉なら、べつに人間でなくてもいいんだから」

「でも、ネズミもハムスターも、放してしまって、もういないわけでしょう？」

「そうよ、ホタルどもは飢えてるわ。あいつらが地上に放たれたら、どうなると思う?」

もちろん、大変なことになる。

私は巨大空洞の天井をながめた。ひやりとした。天井の一部が暗くなっている。青白い光点が天井を離れて移動しているのだ。

「人食いボタルが動きはじめましたよ」

「上等だわ、まとめて全部やっつけてやる」

どこまでも元気な涼子にくらべて、後部座席の由紀子は声がない。車内に降ってきた小動物の骨を、つまんでは放り出している。無意味な行為に思えるが、パニックにおちいるのをふせぐ、彼女なりの方法だろう。

涼子は右手だけでハンドルをあやつりつつ、左手をあちこち動かしていたが、不意に、何度めかの舌打ちをした。

「あきれた、こいつらの車、警察無線が傍受《ぼうじゅ》できるようになってる」

「それで、ときどき、警察の先まわりができたんですね」

四輪駆動車《4WD》がバウンドした。由紀子や岸本が必死になって座席にしがみつく。涼子は一顧《いっこ》だにしない。

「首都戦士東京みたいなやつらを、このまま放っておいたら……」

「ナチスの親衛隊や突撃隊というのが、悪い冗談じゃなくなりますね」

「それどころじゃないわ」

「というと？」

「JACES《ジャセス》の商売にさしつかえるのよ。あいつらが無料《タダ》でやってること、こちらは料金をとってるんだから。営業妨害もいいところだわ。根こそぎ、たたきつぶしてやる！」

商売敵《がたき》をやっつけるという私心《ししん》を、傍若無人《ぼうじゃくぶじん》に吐露《とろ》したとき、車の左右にオレンジとグリーンの制服姿がいくつもわいて出た。

涼子の商売敵が出現したのだ。つまり首都戦士東京のメンバーたちである。どういう順路を使ったのか、復讐心に駆られて私たちを追ってきたらしい。手には特殊警棒や金属バット、さらには信号弾を発射する銃まであった。

「車をとめろ！　てめえら、都知事にいいつけて、社会的に葬ってやるからな。覚悟して……」

都知事《トラ》の威を借るわめき声が、唐突《とうとつ》に断《た》ち切られた。

「な、何だよ、あれは……」

もちろん彼らが見たのは、私たちの背後にせまる怪異な物体だった。青白いホタルの群れに守られた、巨大なナメクジ。その頂上部分には、白髪を乱した老人の上半身。

悪夢にもめったに出てこない光景だった。

II

首都戦士東京のメンバーたちに、車上から私は声を投げつけた。

「さっさと逃げろ!」

有益な忠告のつもりだったのだが、首都戦士東京のメンバーたちは耳をかたむけなかった。手錠はしているが、鎖は切れている。強力なカッターを使ったのだろう。口々にわめき声をあげながら、信号弾を撃ち放す。

ヤマガラシの巨体に、信号弾が炸裂、しなかった。着弾と同時に、信号弾は半透明のブヨブヨした表皮《ひょうひ》にくるみこまれ、静止したかに見えた。それも一瞬。やわらかく弾《はじ》き返された。弧《こ》を描いて落下する。

首都戦士東京のメンバーたちの間に、熱と光が炸裂した。オレンジの色彩が半球形にひろがり、熱風が渦を巻く。爆弾ではないが、熱と光の威力はかなりのものだった。

「うわあ、熱《あつ》、熱……！」

半身を火につつまれて、三人ほどのメンバーが地面をころげまわる。勇敢というより無謀なひとりが金属バットをふりあげ、ヤマガラシをなぐりつけようとしたが、そこへ灰白色の巨体がのしかかった。くぐもったような悲鳴がおこって、たちまち消え去る。

彼らを置き去りにして、四輪駆動車《4WD》は惨劇の場を走りぬけた。

「怪獣退治したいなら、かってにおし」

ハンドルをあやつりながら、涼子が吐きすてる。ことさら口には出さないが、由紀子も同感だったろうし、私もそうだった。

五分ほど疾走《しっそう》がつづき、何度めかのカーブを曲がると、いきなり前方に光が出現した。ついでバンパーが何かをはねとばす。立入禁止の標識を、後ろからはねたのだ。

急ブレーキや衝突の音があいついだが、私たちはほとんど気にとめなかった。べつのことに気をとられていたのだ。地上の風が頬をたたき、外界の風景が目をうばう。おどろきのあまり、とっさに声が出ない。

銀色に鈍く光る巨大な金属のかたまり。すっかり暮れきった空の下、流線形のシルエットが悠々と頭上を横切っていく。

「うわあ、ひ、飛行機です。地上を移動しているところです」

岸本が実況する。たしかに飛行機だった。視線を動かすと、光を点滅させつつ上昇していく機体も見える。

「ここ、羽田空港だわ」

茫然と、室町由紀子がつぶやく。涼子が無言で全地球測位システム《GPS》を起動させた。私は画面に目をこらした。緑に白く、画像と文字が浮かびあがる。

たしかに私たちは羽田空港にいた。正確には、羽田空港の巨大な敷地を南北につらぬく国道三五七号線の路上だ。文京《ぶんきょう》区内から東京の地下にもぐって南南東へすすみ、東京湾のすぐ近くに出てしまったのである。

立体交差の形で何本もの陸橋が頭上をまたいでいる。自動車もそこを通るが、地上を移動中の飛行機も、無防備な金属の腹をさらしつつ通りすぎていくのだ。

さすが豪胆《ごうたん》不敵なドラよけお涼も、頭上の奇観に気をとられたらしい。わずかにハンドルを切りそこねて、前方をのんびり徐行していた車に追突してしまった。衝撃はさして大きくなかったが、白と黒に塗りわけられた車から血相《けっそう》を変えておりてきたのは制服警官だ。

「あんたたち、いったい何ごとですか、これは!?　無謀運転にもほどがある」

民間人だろうと警官だろうと、こういう場合にいうことはおなじだ。

「怪物に追われてるんだ!」

警察手帳を突き出してどなると、頬をなぐられたような表情で彼らは立ちすくむ。警備部の室町警視と知ると、あわてて敬礼し、刑事部の薬師寺警視と知ると、うろたえて顔を見あわせた。とんでもない災厄《さいやく》に直面したことをさとったにちがいない。

「とにかく上に報告して、三五七号線を封鎖してくれ。地上の航空機も、陸橋の上を移動するのは避けるように」

とりあえず思いついたことを指示していると、涼子が宿敵《ライバル》をかえりみた。

「お由紀、おりて!」

「どういうこと?」

「ここに残って、総監や部長ドモに連絡して。バケモノはあたしと泉田クンでやっつけるから、あとの処理はよろしくってね」

「でも……」

「室町警視、バックアップをおねがいします。他の人には頼めません」

後部座席を振り向きながら私がいうと、岸本も泣きっ面《つら》で上司の腕を引っぱる。

「そ、そうですよ。ボクたちここでおりて、お涼さまたちをバックアップしましょうよ。それが全体のためですよお」

「わかったわ」

由紀子がうなずいたとき、もう岸本は車をころがりおりている。こいつにおりろとはだれもいっていないのだが。

自分もとびおりると、由紀子は呼吸をはずませて私たちを見やった。

「ふたりとも、気をつけて」

どう気をつけりゃいいんだ、という気もするが、忠告はありがたくいただくことにして、私は由紀子に敬礼した。

涼子がアクセルを踏みこみ、四輪駆動車《4WD》はヤケッパチのように突進を再開した。バックミラーをのぞくと、光の雲が視界の端をかすめた。確実にやつらは近づいている。

「多摩川《たまがわ》トンネルをくぐって川崎《かわさき》市にはいるわよ！」

涼子が告げた。

「海上へ出るわ。東京湾マリンドライブ、わかる？」

いそいで私は脳裏の地図を確認した。東京湾マリンドライブ、正式名称はたしか東京湾横断自動車道路。神奈川県川崎市と千葉県木更津《きさらづ》市との海上を、海底トンネルと橋とでつないだ海上道路だ。泡沫《バブル》経済の時代を象徴する巨大公共事業の産物である。最初、東京湾横断自動車道路《マリンドライブ》の通行料は、片道五〇〇〇円に設定されていた。往復で一万円になる。

一日一万円、一ヵ月に二〇日通勤で二〇万円。そんな大金を支払って通勤するサラリーマンが五万人以上もいる、と、国土交通省のお役人たちは考えていたのだ。通勤定期券を発行し、企業に負担させればいい、というわけである。だがむろんそんな気前のいい企業が、この不景気な時代でなくとも、存在するはずがない。

ときどき私は、中央官庁の官僚というやつらは、知能指数《IQ》を高く見せること以外まるきりアホではないか、と思うことがある。半分は非秀才のヒガミだが、あれほど巨額の国民の血税を公私にわたって浪費し、何の責任もとらず天下りまでして平気でいられるのは、アホでなければ生来の犯罪者だろう。

涼子と私のふたりだけを乗せて、四輪駆動車《4WD》は猛スピードで海へ向かう。といいたいが、ときおりスピードを落とすのは、ヤマガラシや人食いボタルが追いつくのを待っているからだ。目的はやつらを海上へおびき出すことにあるのだから、振り切ってしまっては意味がないわけである。

「ヤマガラシには、知性ってあるんでしょうか」

「さあね、あるとしても、人間とおなじものであるはずないわね」

黒林博士の偉大なる頭脳は、とっくにヤマガラシに支配されているにちがいない。ひたすら憎悪と敵意に燃えて、涼子と私を追ってくる。本来は明晰《めいせき》だったはずの知識人が、このような境遇に堕《お》ちるとは。

とはいうものの、粘液を振りまきつつ肉薄《にくはく》してくる巨大な人面ナメクジの姿を見れば、わずかな同情心も、冥王星《めいおうせい》軌道のはるか彼方へ飛び去ってしまう。生かしてつかまえてどうするのか。どこにつかまえておくのか。生体実験に使うのか。動物園で飼うのか。どのようになっても、黒林博士が幸福を感じるとは思えない。

「ほんとうに、千葉県警に迷惑をかける気ですか」

「いまさらいってもムダよ。これからいくインチキ島は千葉県に属してるんだから」

鉄とコンクリートでつくられた土木工学の粋《すい》も、涼子にかかるとインチキ島だ。

「千葉県警に後始末を押しつけることができたら、警視庁《うち》の上層部《おえらがた》、泣いてよろこぶわよ。日ごろ仲が悪いんだからさ。ざまあ見ろ、オレたちの苦労がわかったか、って手をたたくありさまが目に浮かばない？」

たしかに目に浮かぶ。だが、涼子がそういうところを見ると、他人に苦労させているという自覚が、彼女にはあるのだろうか。いや、単に、他人の苦労をおもしろがっているだけにちがいない。

ほどなく前方に広々と空が開けた。

III

アンコウ島。東京湾上につくられた人工島の名だ。アンコウとはもちろん、深海魚のなかでもっとも有名な魚の名である。

さえぎるもののない海上で、風の勢いは強烈そのものだ。吹きわたる、などという表現では追いつかない。耳もとで大気の奔流《ほんりゅう》がうなりをあげ、巨大な見えない掌《てのひら》が身体を押しまくる。スーツやドレスなど着ていた日には、裾が風を受けて、身体ごと空へ舞いあがりそうになる。

それでも時間によって強弱の変化はある。すこし弱まった風のなか、四輪駆動車《4WD》は駐車場にすべりこんだ。

もっとましな名はなかったのか、といいたくなるが、とにかく涼子と私は車をとめてアンコウ島に降り立った。巨大船のような構造で、四層のデッキがある。駐車場に土産品《みやげもの》店、レストランに海洋博物館、多くはないが人影もあった。

案内図を見て、警官の詰所《つめしょ》をさがす。直行すると、涼子は必要もないのにドアを蹴とばした。

「何だね、あんたたちは⁉」

もはや言葉にして答えるのもめんどうくさい。質問する警官の顔前に、私は警察手帳を突き出した。反射的に硬直する姿を見ても、笑う気にはなれない。

「警視庁刑事部の泉田警部補だ。こちらは薬師寺警視。緊急事態が発生したので、この詰所をお借りする」

「け、警視って、女が……」

涼子を見やる視線に、男の本能がこもる。そんな場合でないのはもちろんのことだが、完全無欠なボディラインを強調するメタリックなスーツは、あまりにも罪つくりだった。ＪＡＣＥＳ《ジャセス》の商品だろうが、目的は何だ、といいたくなる。

「いや、ええと、あの、上司の許可を得ませんと……管轄がちがうわけですし……」

この警官は千葉県警に所属し、「ドラよけお涼」の存在を知らずにすごしてきたらしい。ささやかな幸福というものだ。だが、気の毒に、これからまとめて不幸になるぞ。

「もうすぐ怪物がここへやって来る」

「か、怪物って……」

「テロリストのつくった生物兵器だ。ただちに民間人を退避させてくれ。それと、警視庁への連絡を」

警官たちの反応に、もういちいちかまっていられない。警察無線の操作卓《コンソール》に歩み寄ると、壁にアンコウ島の宣伝ポスターが貼《は》ってあった。擬人化《ぎじんか》された二匹のアンコウの姿に文章がそえてある。

「アンです」

「コウです」

「ふたりあわせてアンコウでーす」

アンは女の子で、コウは男の子らしい。アンはリボンをつけてスカートをはき、コウは野球帽をかぶって半ズボンをはいている。でもアンコウの顔をアニメっぽく可愛く描くのは、限界があるようだ。

私が操作卓《コンソール》の前で警官たちとあわただしく会話する間に、涼子はさっさと自分の携帯電話をとり出していた。警官たちのデスクの上に腰をおろして長い脚を組み、無造《むぞう》作《さ》に番号をプッシュする。暗記しているらしい。

「お由紀、聴いてる!?」

「聴こえるわ、地上に出たの？」

「ちょっとちがうな」

「ちがうって？」

「海上よ。海の上。東京湾！」

涼子はどなった。携帯電話に向かってどなる必要はないはずだが、風の音につられると、つい声が大きくなるのだろう。

「アンコウ島にいるの。東京湾マリンドライブ、そう、趣味の悪い人工島よ」

壁に貼られている東京湾の図を、私はながめた。アンコウ島と川崎市との距離は約八キロ、海底トンネルでむすばれている。千葉県の海岸までは五キロ、こちらは橋だ。

「アンコウ島は東京湾のどまんなかにあるんじゃないわ。千葉県寄りで、警察の管轄も警視庁じゃない、千葉県警なのよねえ。いってる意味わかるでしょ、お由紀？」

「ヤマガラシをやっつけるのに、千葉県警の協力をあおぐのね」

「そうじゃないわよ。あいつをやっつける楽しみは、あたしのもの。ただし、後始末についてては、すこしばかり千葉県警にてつだわせてあげようってわけ。首都圏どうしのよしみだもんねえ」

由紀子は何か応《こた》えたが、激しい雑音がはいって、通話は切れてしまった。

涼子は携帯電話をしまうと、足早に詰所を出た。私もつづく。海面を見すかして、涼子が低い声で告げた。

「来たわよ！」

それはこれまでだれも見たことのない光景だったにちがいない。

私たちの視線は西に向けられていた。中央に、東京湾マリンドライブの海上部分への出入口が、巨大なコンクリートの顎《あご》を開いている。その右側、つまり北にひろがる光の海は東京の夜景だ。左側、つまり南につらなる灯火の山脈は横浜の夜景である。世界最大の、光の密集地。これを見物するために、春から秋にかけて、そこそこドライバーが集まるそうだ。

マリンドライブの出入口が、みるみる明るさを増した。オレンジ色の照明を圧して、青白い光芒《こうぼう》がトンネル内を満たし、あふれ出てくる。

一〇〇〇万匹の人食いボタルが、まさに地下から海上へ殺到《さっとう》してきたのだ。青白い光の雲。それにつつまれれば、五分以内に白骨にされてしまう。

「こんな光景、だれも見たことないわね。あんたたち、生涯の語り種《ぐさ》になさい」

警官たちは声も出ない。と、荒々しく足音がして、ジャケットにループタイという姿の中年の男が下のデッキから階段を駆け上ってきた。挨拶《あいさつ》もせずに咆《ほ》えたてる。

「おい、いったい何ごとだ。トンネルの出入口があんなに光ってるのは何なんだ!?」

「人食いボタルよ」

涼子が即答すると、男の顔がひきつった。ボディスーツの姿から視線は離れないままだ。

「ひ、人食いボタルって、あの……」

「そうよ、TVニュースぐらいは視《み》てるらしいわね。玉泉園に出現した人食いボタルが、ここへやって来たの」

男は狼狽《ろうばい》して後ろを振り向く。つれがいるらしい。すかさず、涼子がたたみかけた。

「しかも、玉泉園では一万匹か二万匹だったけど、今度は一〇〇〇万匹よ」

「い、一〇〇〇万匹!?」

「ぐずぐずしてると食い殺されるわよ。車に乗って、さっさとお逃げ!」

男は一歩、後退した。背中を見せると、一目散《いちもくさん》に駐車場へと駆け出す。水商売らしい女性があわてて追いすがる。非常ベルが鳴りひびき、場内放送で退避が呼びかけられた。それはいいが、マイクをにぎった人物の不適任なこと。

「橋を渡って千葉県へ逃げるのよ。千葉県よ！　千葉県に逃げこんだら、千葉県警があんたたちを守ってくれるから安全よ。なにしろ千葉県警には、強力な核《N》・生物《B》・化学《C》兵器テロ対応部隊があるんだから。警視庁なんかアテにしちゃダメ。若者よ、いけ、めざすは千葉県だ！」

　パニックが生《しょう》じた。何十人もの男女が、いりみだれて駐車場へと殺到する。つぎつぎと車が発進し、人声と機械音がヒステリックにわきおこった。

Ⅳ

「よし、これで人食いボタルどもは車を追って千葉県へいってしまうわ。めでたしめでたし」

「あのう、いまこんなことを申しあげてもムダだとは思いますが……」

「ムダよ。で、いったい何？」

「すこしは心が痛みませんか、あんな混乱を巻きおこして」

車どうしが衝突する音、クラクションの絶叫、それらがかさなりあってひびいて来る。

「あのさ、あたしはここでヤマガラシのやつと決戦するの。決着をつけるの。戦場に民間人を残留させて、巻きぞえにするわけにいかないでしょ」

「民間人を囮《おとり》にして、人食いボタルを千葉県に追いやったのでは？」

「何で悪いの。千葉県警におテガラを立てさせてあげようってのにさ。不祥事のかずかずがまとめて吹っ飛ぶ大テガラよ」

「人食いボタルの大群を、どうやってやっつければいいんです？」

難問に思われるのだが、あっさりと涼子は解答をあたえてくれた。

「ドームでもメッセでもいいけど、生肉でも餌にしてホタルどもを誘いこむのよ。密閉してしまえば、かってに餓死するわ。餓死するまで待てないというなら、エアダクトから殺虫剤でも流しこめばいい。ひと晩ですむことじゃないの」

「それじゃ千葉県警に教えてやりましょう」

「それくらい自分たちで考えるでしょ。あたしたちがでしゃばる必要ないわ」

涼子が歩き出し、私は一歩おくれてつづく。広い通路の左右に、イタリア料理店や鮨屋《すし》がならんでいる。もちろんいまは無人だ。

「で、君はどうするの」

「どうするといいますと？」

「これからあのとんでもないバケモノとやりあうのよ。イヤならここにいなくてもいいのよ。トンネルのほうへいったらバケモノにぶつかるから、橋を渡るしかないわね」

危険きわまる対決を前にして、こんな意地悪なことを口にする余裕が、この女《ひと》にはあるのだ。

「イヤですが、ここを離れる気はありません」

「かわいくない返事だなあ。どうして離れる気がないの？」

「室町警視と約束しましたし……」

涼子の足がとまった。ゆっくりと顔を動かして私を見る。美しい瞳だが、いまやコロナを噴きあげている。

「お由紀との約束だとお!?　あんなやつとの約束がそれほどたいせつか、コラ！」

「そりゃたいせつですよ」

「ぬけぬけと！　どれほどたいせつか、面と向かって、あたしにいえるか」

「いえます」

「あら、そう！　まさか、約束はだれとのものであってもたいせつだ、なんて一般論で逃げる気じゃないわよね」

「そんなつもりはありません」

「よし、聴いてやろうじゃないの。いってごらん、お由紀との約束がどのていどたいせつなのか」

「あなたの命令のつぎにたいせつです」

私が断言すると、涼子は小さく口をあけてまた閉じた。三秒ほどの空白。急に後ろを向くと、はじめたのはヒトリゴトである。

「泉田のやつ、まさか計算ずくでいってるんじゃないだろうな……いや、そんな甲斐《かい》性《しょう》のあるやつなら、恋人《カノジョ》にフられるはずもないし、全然気がつかずにいってるんだろうか。まったく、あたしとしたことが、何だってこんなの……」

ほとんど意味不明だが、誠実に返答したにもかかわらず悪口をいわれていることだけはわかる。いささか気分を害して、私はわざとせきばらいした。

「ご納得いただけたら、つぎに何をするかご指示をください」

「ナットクなんかしてないわよッ」

「はあ」

「とにかく、そのへんの店にでもはいって、人食いボタルをやりすごしましょ。あたしたちの出番はこのあとだから」

「警官詰所にもどらないんですか」

「あんな居住性の悪いところイヤ」

こうして涼子と私は、おしゃれなイタリア料理店の窓際の席で、青白い殺人雲をやりすごした。無人なので独占した形になる。カウンターに氷水のデカンタとグラスが放置されていたので、テーブルに運んだ。

ふと見ると、テーブルの上に信号弾の発射装置がおいてある。首都戦士東京のメンバーが持っていたのとおなじもので、銃の形をしており、首にかけるための紐《ひも》がついていた。警官詰所にあったものを借りたのだ、と涼子はいい、携帯電話で由紀子に連絡した。

「そう、丸岡警部からも報告があったのね。ご苦労さま、といっておいて」

地上に残されていた黒林博士の研究所兼自宅は、無人で荒れはてていたが、丸岡警部と阿部巡査はそこへ踏みこんで、さまざまな証拠物件を手にいれたらしい。金森老人の作成したヤマガラシの資料とか、双日閣の裏の図面とか、人食いボタル養殖の初期の観察日誌とか、そういうものだ。黒林博士の精神は完全に変調を来《きた》しており、証拠を隠滅《いんめつ》することに思いおよばなかったらしい。まあ、あんな姿形になったのでは、証拠も胡椒《こしょう》もあったものではないだろうが。

氷水で咽喉《のど》をうるおしている間に、青白い光の雲は通過していった。ときおり雲が拡散するのは、風の強さによるのだろう。

イタリア料理店を出て、警官詰所へもどってみると、すっかり顔色をうしなった警官が通信機を指さした。千葉県警本部長みずからマイクの前に立って布告しているという。

まさに、興奮しきった中年男の声が通信機から流れ出ているところだった。

「千葉県存亡の危機である！　警視庁のハミダシ者どもに、橋を渡らせるな。ドラよけお涼とその一味に、房総《ぼうそう》半島の土を一歩も踏ませてはならんぞ！」

「いってくれるじゃないの」

涼子がせせら笑う。千葉県警の警官たちは両眼が白黒状態《パトカー》だ。おそるおそる涼子の顔をうかがう。涼子が歯牙《しが》にもかけないようすなので、彼らにかわって私が質問した。ただし小さな声で。

「もしかして、あなたは、千葉県警本部長にも個人的な怨《うら》みを買ってるんですか？」

「も、とは何よ。も、とは」

「すみません。でも、あの本部長の声には、あきらかに私的な感情がふくまれていましたので」

「いちいちおぼえてないわ。だいたい世の中にはサカウラミってものがあるのよ。あたしを恨んでるやつのなかに、マトモなやつがひとりでもいる？　いると思うなら、いってごらん」

返答ができない。たしかに涼子を恨んでいる面々はマトモではないが、それは涼子自身がマトモであることを意味しない。

またしても千葉県警本部長が獅子吼《ししく》する。

「千葉県警の興廃《こうはい》、この一戦にあり！　全員、決死の覚悟をもって対処せよ。生命をすてても、千葉県史上最大の危機を乗りきるのだあ！」

そういわれたって、イヤだよなあ。千葉県警の警官たちに、私は同情をおぼえた。いつだって、どんな難事業だって、苦労するのは現場の下っぱなのだ。

外で、何かがはでにこわれる音がした。

「どうやらご本尊《ほんぞん》のお出ましね」

信号弾発射装置を首からぶらさげた涼子につづいて、私もふたたび詰所の外へ出た。あわてて自分たちも出ようとする警官たちを、手を振って制する。いまさら犠牲をふやすことはない。

ヤマガラシの体格は、要するに地上のクジラだ。あの巨体でどのていどの重量があるかわからないが、その動きときたら、想像を絶していた。

巨体から粘液を出し、それを地面に流す。その上に巨体を乗せて滑走《かっそう》して来るのだ。平地では、奇怪なほどなめらかな動きになる。この世でもっとも巨大で不気味なスケーターだろう。

ヤマガラシの巨体がせまる。サイズさえ問わなければ、「ぐにゃぐにゃぐんにゃり」とか「ぷるぷるプリン」とか、一見かわいらしげな擬態語を使いたくなる。だが、通路をふさぎ、自動ドアを吹きとばし、ガラスを砕き、レストランのテーブルや椅子を押しつぶし、階段いっぱいにひろがり、天井の照明をたたきこわす。ガラスや金属の破片も、ヤマガラシの皮膚を傷つけることはできない。異様なまでの弾力と、噴き出る粘液が、巨体を守っているのだ。

涼子の手に、信号弾の発射装置がにぎられている。私は拳銃の位置をたしかめ、呼吸をととのえつつ歩いていたが、風を圧して近づいてくる音に気づいた。

それはヘリコプターの爆音だった。

「ヘリ……？」

「そうよ、ＪＡＣＥＳ《ジャセス》のご自慢、多目的多用途ヘリ。一二人がゆったり乗れて、巡航速度は毎時二八〇キロ。救難用に最適なの。高性能だけど高価《たか》いから、日本で持ってるのはＪＡＣＥＳだけなのよ」

涼子がカネモチ自慢している間に、ヘリコプターはみるみる近づいてきた。風力も風向も激しく変化するなかで、ヘリの姿勢はいたって安定している。ヘリの性能もだが、パイロットの技倆《うで》もいいのだろう。後部座席のドアが開いて、半身を乗り出す人影が見えた。

リュシエンヌとマリアンヌだ。涼子と私を見て、大きく小さく手を振っている。

地下でメイドたちと離ればなれになったとき、涼子はいった。「あの子たちは上で待機してる」と。上とは地上のことだと思っていたが、むしろ空中という意味だったかもしれない。それにしても、いつの間に、どうやって連絡をとったのだろう。

「発信器ぐらい身につけてるわよ、ほら」

桜貝のような耳たぶにぶらさがるイヤリングを示されて、私はうなずくしかなかった。

アンコウ島の北の端に、ヘリポートがある。ヘリはそこに着陸する気だろうか。暗さは照明で克服するとしても、この強風だ。パイロットの技倆が優秀でも、かなりむずかしい着陸にちがいない。

大きなガラス壁の向こうにヘリの黒影と灯を見ながら、涼子と私はヘリポートへと走った。床に散乱する機材や破片を、飛びこえ、踏みつけての疾走は、だが、一〇秒ほどで急停止を強《し》いられた。

横あいから灰白色のブヨブヨした壁がすべり出て、私たちの前方をさえぎったのだ。

ヤマガラシだった。

どういうルートで先まわりしたのか、はるか上方で黒林博士の狡猾《こうかつ》そうな笑声がひびいたような気もする。

「反対側！」

涼子にいわれるまでもない。踵《きびす》を返して反対方向へと疾走する。こちらでも床に売店の土産品《みやげもの》やレストランの食器やらが散乱しており、私はアンちゃん人形を踏みつぶしてしまった。悪いことをしてしまったが、不可抗力なので、恨まないでほしい。

中央部の階段を駆け下ろうとして、足がとまる。下のデッキへとつづく階段は、ヤマガラシの巨体によって、すでに破壊されていた。五段分ほどを跳《と》びおりても、その下の床が穴や破片だらけだ。

「上って！」

叫ぶ涼子を、身体を開いて、先にいかせた。

最上層のデッキから、さらに上へ階段が伸びている。鎖がかけ渡されているのを越えると、屋根がなくて吹きさらしだ。帆柱《ほばしら》を模した細い塔は、「風の塔」と呼ばれている。何も考えていない名だ。塔の周囲を螺旋《らせん》状に鉄製の階段がとりまいている。塔の頂上部には赤い灯火が点滅していた。それをめざして駆け上る。

渦巻く風のなか、JACES《ジャセス》のヘリが空中停止《ホバリング》をこころみていた。ヘリの機体から白い長い尻尾《しっぽ》が伸びて、風に舞っている。ナワバシゴだ。涼子がしなやかな動作で腕を伸ばす。二、三度、失敗したが、みごとにつかんだ。

片足をナワバシゴにかけて私をかえりみる。

「泉田クン、つかまって！」

どうせJACESの製品で、品質はオリガミつきだろう。ためらいなく、私もナワバシゴをつかんだ。

足が階段を離れる。ほとんど同時に、ヤマガラシの巨体が階段いっぱいに退路をふさいだ。ヘリが上昇する。ナワバシゴが揺れ、涼子と私は塔にぶつけられそうになった。足をあげ、靴底で塔の外壁を蹴る。衝撃が来たが、全身をたたきつけられるよりましだった。

V

涼子と私は、ナワバシゴにぶらさがったまま、向かって右から左へ、ヤマガラシの「顔」の前を通過した。

ヤマガラシの口は、開けば直径二メートルぐらいはありそうだ。白い針の林と見えるのは、歯が無数につらなっているからだった。噛《か》まれたら最後、身体じゅうが穴だらけになるだろう。もっとも、退化しているにはちがいない。黒林博士の豪語を信じるなら、口から食物を摂取する必要はないはずだから。

「小娘め、小娘め！」

呪咀《じゅそ》の声は、べつの口から流れ出た。夜空に向かって両腕を突きあげる黒林博士の姿が見える。

心が冷えた。最初に見たときには、腰までは人間の姿をしていたのに、いまでは胸までヤマガラシの本体に埋まっている。吸収されつつあるのだ。ほどなく完全に、人間の姿をうしなうだろう。

「黒林は選ばれた存在なのだ。黒林をあがめ、うやまえ。そうすればお前にも、食物の必要のない身体をあたえてやろうというのに、この不遜《ふそん》な小娘めがあ！」

「あたしはあたし。地上でただひとりの存在。誰に選んでもらう必要もない」

涼子の左腕はナワバシゴに巻きつき、右手は信号弾の発射装置を手にしていた。

「あんたみたいに、他人から評価されないと自分自身の価値を信じられないようなやつ、最初からあたしの敵じゃないのよ」

一陣《いちじん》の強風が横あいから咆えかかる。

ナワバシゴが回転し、それにつれて涼子や私の身体もまわった。三六〇度回転して、涼子はふたたびヤマガラシに正対《せいたい》する。

「海はすべての生命の源《みなもと》。一度、完全に溶《と》けてしまって、原形質からやりなおすのね！」

宣告と同時に、涼子は信号弾を撃ち放した。

涼子は首都戦士東京のメンバーのような愚行を犯さなかった。信号弾は光と熱の尾をひきつつ、ヤマガラシ本体の口にとびこんでいったのだ。

ヤマガラシの口からオレンジ色の炎が飛び散った。

その近くの皮膚が大きく小さく何ヵ所か盛りあがる。体内で爆発が生じ、そのエネルギーが内側から皮膚を急膨張させたのだ。だが柔軟で強靭《きょうじん》な皮膚を破ることができない。結局、爆発のエネルギーはヤマガラシの体内組織をずたずたに引きちぎったあげく、出口を求めて荒れくるい、開いた口から外界へ飛び出した。

あらためて大きな炎がヤマガラシの口から噴出し、それにまじって白や緑や灰色の体組織が粘液とともに飛散する。

強烈なダメージではあった。それだけではヤマガラシの巨体にとって致命傷にはならなかったかもしれない。体内組織の構成はごくシンプルなものだし、恢復《かいふく》力もすさまじいほどに強いものだったであろうから。

だが、涼子にとってはすべて計算されたものだった。致命傷をあたえる必要はない。塔の上でヤマガラシがバランスをくずせば充分だったのだ。

そして。

ヤマガラシは大きくバランスをくずした。

黒林博士は絶叫したかもしれない。ヤマガラシの巨体の頂上で、黒林博士は最大限に口を開いたからだ。だが風の音が彼の叫び——恐怖と憎悪と敗北感の叫びを東京湾上に吹きとばした。

両手で宙をかきまわす黒林博士を頭上にくっつけたまま、ヤマガラシの巨体は夜空

に浮いた。粘液の白い糸が数本、塔との間に細い橋をかけたが、たちまちちぎれとんで、ヤマガラシは落ちた。落ちていった。暗い黒い東京湾の海面めがけて。奇妙にゆっくりと、音もなく。

白い飛沫があがった。

重さはともかく、容量ではクジラなみの巨体が海面に落下したのだ。アンコウ島の上にいたら、かなりの衝撃を感じただろう。

涼子は信号弾の発射装置を投げすてた。あいた右腕を彼女がかけたのは私の左肩だ。私はというと、右腕をナワバシゴにからめ、左腕は涼子の腰にまわしていた。

ヤマガラシの巨体は海面から躍《おど》りあがり、ふたたび水没した。渦と飛沫。ふたたび躍りあがったとき、その白い姿はひとまわり小さくなっていた。みたびあらわれたとき、もはや躍りあがることはできず、半分だけが波の上に出た。黒林博士のゆがんだ顔がちらりと見えたような気がする。

ついに白い悪夢じみた姿は消えさった。溶けてしまったのだ。

涼子と私はしばらく海面をにらんでいたが、沸《わ》きたつ泡が黒い波によって流されてしまうと、どちらからともなく溜息が出た。

涼子が上方に向けて合図すると、ナワバシゴが引きあげられはじめた。もちろん涼子と私も、苦労しながら自力で数段は上ったのだが、最後はメイドたちの手を借りた。

機内にころがりこむ。ふたりのメイドが泣き笑いの表情で涼子に抱きつき、ついでに私の手もにぎってくれた。と、涼子の携帯電話が鳴る。

「ああ、お由紀？　いいタイミングね、全部すんじゃったところよ。え？　あたしに手ぬかりがあるはずないでしょ。すっかり海に溶けちゃったわよ。跡形《あとかた》もなし」

涼子が上機嫌で報告する。

「何よ、ケチつける気？　過剰防衛ですって？　笑わせないでよ。溶けちゃったんだから、何の証拠も残ってないの。法律上は黒林のやつ失踪してそれっきりってわけ。だから書類のほうはあんたにまかせたからね。よろしく。え、泉田クン？　無事に決まってるでしょ、よけいな心配しなくていいの。切るわよ」

通話を切ると、涼子は茶色の髪にしなやかな指をはわせつつ窓の外をながめやった。

「地上におりると、何かとうるさいな。しばらく夜の空中散歩といきましょ。夜間飛行《ヴォル・ド・ヌイ》よ」

そういう題の小説や、そういう名の香水があったはずだ。

「マリアンヌ、あれ出して」

「ウィ、ミレディ」

座席の下から、マリアンヌがアイスボックスをとり出した。蓋《ふた》をあけ、ロックアイスのなかから持ちあげたのはシャンペンの瓶《びん》だ。いまさらながら私はあきれた。

「シャンペンなんて、いつ用意してたんです？」

「勝つに決まってたからね、祝杯を準備してただけよ。ほら、グラス」

リュシエンヌがグラスを渡してくれる。栓がぬかれ、あわく澄みとおった黄金色の液体がグラスに泡立った。気の毒だが、パイロットには飲ませてやれない。こうなったらなりゆきだ、と思いつつ、私は三人の美女とグラスをあわせた。

ゆったりした対面式の座席。涼子と私がならんですわり、反対側にふたりのメイドが腰かけている。

「あら、千葉県の海岸地帯を光の雲が北上してる。キラキラして綺麗《きれい》ね」

「たしかに綺麗ですが、あれは人食いボタルの群れではありませんか。千葉県警は上を下への大騒動でしょう」

「たまにはいいんじゃないの。ちゃんと義務をはたしたら、いい酬《むく》いがあるわよ。いまのあたしたちみたいにね」

すこし考えてから、私は問いかけた。

「あなたにとって、いい酬いとはどんなことです？」

「決まってるでしょ。とりあえず東京が無事だったことよ」

おどろいて見つめると、涼子は微笑して私を見返した。極上の、魔女のほほえみ。

「だって東京が破壊されたら、それまでじゃないの。まずまず無事だったからこそ、つぎの一大事を期待できるのよ」

「……なるほど、そういう意味ですか」

「そうよ。ほんとうに破壊されるまでは、くりかえし娯《たの》しませてもらうわ。あたしにしか解決できない一大事をね」

空《から》になっていた私のグラスに、マリアンヌがあらたな一杯をそそいでくれた。三人の美女に乾杯の動作をして、私は一気に飲みほした。美酒の酔いが私の意識をあわい黄金色に染めていくのがわかる。つぎの一大事までには、どうせ醒《さ》める酔いだが。

ヘリは暗い海上から光りかがやく地上へ、ゆるやかに飛びつづけている。軽快な爆音にまじり、東京を破壊しそこねた怪物たちの奏《かな》でる敗北の曲が、夜風に乗ってひろがっていった。

参考資料

中国詩人選集　李賀　岩波書店

オアハカ日誌　早川書房

帝都東京・隠された地下網の秘密　洋泉社

写真と地図で読む！　帝都東京地下の謎　洋泉社

東京湾をつなぐ　太平社

TOKYO WAN AQUA-LINE　東京湾横断道路株式会社

新宿御苑撮影ガイド　ニューズ出版

新宿御苑　郷学舎

解説「現代都市を駆け抜ける伝奇と武侠」

佐藤俊樹

これは全くの独断と偏見でいうのだが、「ドラよけお涼」こと「薬師寺涼子の怪奇事件簿」の愛読者には二種類いるのではないか。

一つは新刊が出るのを待ち焦がれ、店頭にならぶと速攻買う人たち。もう一つは店頭の新刊をみて何やらつぶやいた後、やっぱり買っていく人たちだ。

実は私は後者の方である。「きっとまた怪奇生物が現れて、エリート官僚や政治家がどたばた醜態をさらして、お涼サマがそいつらをかっこよく退治しながら、ツレの泉田警部補と恋愛超初心者《ビギナー》同士で、可愛くいちゃいちゃするんだろうなあ……」とぼやきながら、やっぱり買っていく。『魔天楼』の文庫書き下ろし以来だから、かれこれ十年以上のつきあいになる。

超敏腕で超ハイソで、おまけに超ツンデレな薬師寺涼子警視や、クールな二枚目で海外ミステリ好きの泉田警部補。フレンチメイドの戦闘美少女マリアンヌとリュシエンヌに、グローバルに広がるオタクたちの友情の輪。

そんな現代風で国際的な装いがどうしても目立ってしまうのだけど、「ドラよけお涼」シリーズはむしろ正統《オーソドクス》な伝奇小説だと思う。伝奇というジャンルも最近はずいぶん多様になって、意表をついた展開で読ませるミステリ仕立てや、精巧で複雑な世界設定で惹きつける新伝綺もふえてきたが、そのなかで、伝統の香りを伝える佳品になっている。

本作『夜光曲』もそうだが、「ドラよけお涼」は筋立てや世界設定で特に新機軸を打ち出すわけではない。その点では定型的でさえあるが、そんなことは気にならない。いや定型的だからこそ、一つ一つの場面の冴えやかっこよさが映える。

お芝居なら「よ、お涼さま！」と客席から声をかけたくなる所作やセリフ。キメラな怪奇生物のおどろおどろしさ。夜間飛行の窓に映る巨大建造物の照明や、月の光が照らす海面を跳ねる海棲哺乳類。

そんな場面場面のあざやかさが一番魅力的で、読んでいても一番楽しい。文字通り画《え》になる作品である。イラストを描いている垣野内成美さんのコミックス版も評判がいいし、アニメ化の声がかかるのもよくわかる。

たぶん、それは読み物や講談、紙芝居の世界につながる楽しさだ。『黒蜘蛛島《ブラックスパイダー・アイランド》』の文庫版解説で岡崎由美さんも書いていたけれど、「ドラよけお涼」には中国の武侠小説に通じるところも多い。私の場合、現代の映画やテレビより『児女英雄伝』や『三侠五義』がすぐうかぶのだが、まあ細かいことはどうでもよろし。要するに、「悪に強きは善にも」と、小理屈は吹っ飛ばして強きを挫《くじ》き弱きを扶《たす》ける。そんな女気《おんなぎ》や男気《おとこぎ》あふれる登場人物たちが大活躍する小説だ。

田中芳樹さんの作品には、いつも旧《ふる》き良き中国風味《テイスト》が薫る。例えば看板作の一つ『銀河英雄伝説』は、『三国志演義』と『史記』の列伝に、司馬遼太郎の『坂の上の雲』をかけあわせたような作品である。「ドラよけお涼」が伝奇＋武侠モノなら、こちらの方は戦記モノ、というより軍師モノだ。『坂の上の雲』は「国を憂う」政治家や財界人や評論家たち、お涼さまならそれこそ十把一絡げでお尻を蹴り飛ばす「センセイ」方の愛読書になっちゃった感があるが、本当は軍師モノの娯楽《エンターテインメント》小説なんだよなあと、『銀英伝』であらためて気付かされたくらいだ。

軍事知識がどうの社会批評がどうの、といわれることもあるようだけど、少し的外れな気がする。軍師モノはもともと物語。謀《はかりごと》をめぐる知恵くらべと人間模様があざやかに描けていれば、それでいいんじゃないかなあ。

「ドラよけお涼」にも同じことがいえる。このシリーズではよく執筆当時の有名政治家や政治がらみの事件が戯画化されて出てくる。作品の雰囲気を壊すように感じる人もいるだろうが、なあに、自分で面白くないと思った箇所は読み飛ばせばよい。そういう読み方ができるのも、伝奇や武侠小説の良さなのだから。

私自身の好みをいえば、読み飛ばすときももちろんあるけれど（ゴメンナサイ……）、つぼにはいると大笑いする。例えば、この『夜光曲』に出てくる「首都戦士東京」などは傑作だと思う。元ネタはいうまでもなく、某東京都知事が大改造しちゃった某大学である。

私も最初聞いたとき、「中身はともかく、その名前はなんとかならんか？」と思った一人だが、都知事にはどうも独特の命名センスがあるようだ。威厳があって新鮮味もあるのがお好きなようだけど、できた名前はむしろコミカルでユーモラス。

その落差を虚勢ととるか愛嬌ととるかは人それぞれだろう。どちらにしても、命名のセンスは命名した人の人柄を一番よく表すわけで、本書は娯楽小説なんだから、その辺をウフフと楽しめばいい。

そういう風に読んでいくと、あざとく見える戯画もその時々の東京や日本の雰囲気をよく伝えていて、なかなかうまい舞台装置になっている。

もちろん、そんな楽しみ方ができるのも、超女主人公《スーパーヒロイン》、薬師寺涼子サマの圧倒的な魅力と破壊力のおかげである。

この『夜光曲』もそうだが、「薬師寺涼子の怪奇事件簿」は手に負えない怪事件や難事件をお涼サマがあざやかに片付ける話になっている。その捌き方がとにかく並じゃない。必要とあらば、どころか、ご機嫌しだいで、犯罪まがいの裏技も使いまくる。あだ名の「ドラよけ」が「ドラキュラもよけて通る」から来ているのも納得。

無茶苦茶を通り越してゴクアクヒドーな感じすらする活躍ぶりだが、なにしろ東大法学部卒のエリート警察官僚、大資産家でビジネスの才能もたっぷりあって、おまけにとびきりの美人でスタイル抜群なのだから、しかたがない。これで性格がよければ、もっと不公平なくらいである。

そのつきぬけ方の爽快感が好きで、私もいつも買ってしまうわけだが、お涼の最大の理解者で無理解者でもある――なんでそうなのかは中身を読んでください（笑）――泉田警部補がつねづねいっているように、そこにも一本ぴしっと筋が通っている。

自分のやったことの結果は、自分で責任をとる。他人のせいにしない、他人に責任をなすりつけない。

だからこそ、横紙やぶりで無茶苦茶でゴクアクヒドーでも、とても素敵なキャラクターでいられる。読者の方も「こんな人、絶対にいないよなあ」とぼやきながら、心のどこかで「いたらいいなあ」と想っていられる。


作家でない私がいうのも変だけど、こんなつきぬけ方を鈍らせずに作品を書きつづけるのは大変な苦労があると思う。一見なんでもありのようでいて、正統な伝奇モノや武侠モノは実は数少ない。それも同じ理由だろう。

そんな小説が現代の東京や日本や世界を舞台にして読めるのだから、かなり幸運な巡りあわせでもある。

本作『夜光曲』は東京の山の手、目白から千駄ヶ谷、松濤あたりの丘陵地帯が最初の舞台になる。閑静で、江戸情緒も残す本物の高級住宅地だった場所だ。それが今、バブル不況以後の東京の再開発で、大きく変貌させられつつある。

「ドラよけお涼」の隠れた名優は怪奇生物たちである。大暴れしながらどこか物悲しい彼ら彼女らは、東京という都市を思わせる。高速道路を高架から地下に移す計画が進められているように、かつては経済発展の名の下に、今は「環境に優しい」の標語のかげで、東京の土や水や緑は弄《いじ》りまわされ、改造されつづけている。

そんな都市の怨念や哀しみを背負って地下を蠢《うごめ》く怪物や怪人たち、その周囲をちょろちょろする奇人変人どもまで相手に、お涼サマがどんなあざやかな立ち回りを見せてくれるのか。「泉田クン」とどんなに可愛くいちゃいちゃしてくれるのか。

そのあたりをウフフと楽しみながら、読んでもらえればいいのではないだろうか。

本書は二〇〇五年二月、祥伝社ノン・ノベルとして刊行されました。

|著者|田中芳樹　1952年熊本県生まれ。学習院大学大学院修了。'77年第3回幻影城新人賞、'88年第19回星雲賞を受賞。壮大なスケールと緻密な構成で、SFロマンから中国歴史小説まで幅広く執筆を行う。著書に『創竜伝』シリーズ、『薬師寺涼子の怪奇事件簿』シリーズ、『夏の魔術』シリーズ、『銀河英雄伝説』シリーズ、『西風の戦記《ゼピュロシア・サーガ》』、『岳飛伝』、『「イギリス病」のすすめ』(共著)、『中欧怪奇紀行』(共著)など多数。2005年『ラインの虜囚』(講談社ミステリーランド)で第22回うつのみやこども賞を受賞した。『薬師寺涼子の怪奇事件簿』シリーズ既刊文庫に『魔天楼』『東京ナイトメア』『巴里《パリ》・妖都変』『クレオパトラの葬送』『黒蜘蛛島《ブラックスパイダー・アイランド》』がある。

田中芳樹公式サイトURL　http://www.wrightstaff.co.jp/

夜光曲《やこうきょく》　薬師寺涼子《やくしじりょうこ》の怪奇事件簿《かいきじけんぼ》

田中芳樹《たなかよしき》

講談社文庫

定価はカバーに
表示してあります

2008年6月13日第1刷発行

発行者――野間佐和子
発行所――株式会社　講談社
東京都文京区音羽2-12-21　〒112-8001
電話　出版部　(03) 5395-3510
　　　販売部　(03) 5395-5817
　　　業務部　(03) 5395-3615

Printed in Japan

デザイン―菊地信義
本文データ制作―講談社プリプレス制作部
印刷―――大日本印刷株式会社
製本―――大日本印刷株式会社

落丁本・乱丁本は購入書店名を明記のうえ、小社業務部あてにお送りください。送料は小社負担にてお取替えします。なお、この本の内容についてのお問い合わせは文庫出版部あてにお願いいたします。

ISBN978-4-06-276074-4

講談社文庫刊行の辞

二十一世紀の到来を目睫に望みながら、われわれはいま、人類史上かつて例を見ない巨大な転換期をむかえようとしている。

世界も、日本も、激動の予兆に対する期待とおののきを内に蔵して、未知の時代に歩み入ろうとしている。このときにあたり、創業の人野間清治の「ナショナル・エデュケイター」への志を現代に甦らせようと意図して、われわれはここに古今の文芸作品はいうまでもなく、ひろく人文・社会・自然の諸科学から東西の名著を網羅する、新しい綜合文庫の発刊を決意した。

激動の転換期はまた断絶の時代である。われわれは戦後二十五年間の出版文化のありかたへの深い反省をこめて、この断絶の時代にあえて人間的な持続を求めようとする。いたずらに浮薄な商業主義のあだ花を追い求めることなく、長期にわたって良書に生命をあたえようとつとめるところにしか、今後の出版文化の真の繁栄はあり得ないと信じるからである。

同時にわれわれはこの綜合文庫の刊行を通じて、人文・社会・自然の諸科学が、結局人間の学にほかならないことを立証しようと願っている。かつて知識とは、「汝自身を知る」ことにつきていた。現代社会の瑣末な情報の氾濫のなかから、力強い知識の源泉を掘り起し、技術文明のただなかに、生きた人間の姿を復活させること。それこそわれわれの切なる希求である。

われわれは権威に盲従せず、俗流に媚びることなく、渾然一体となって日本の「草の根」をかたちづくる若く新しい世代の人々に、心をこめてこの新しい綜合文庫をおくり届けたい。それは知識の泉であるとともに感受性のふるさとであり、もっとも有機的に組織され、社会に開かれた万人のための大学をめざしている。大方の支援と協力を衷心より切望してやまない。

一九七一年七月

野間省一

講談社文庫 最新刊

西村京太郎
十津川警部 五稜郭殺人事件
函館の若手技術者集団のひとりが死体で発見された。十津川警部は事件の真相に迫れるか。

西尾維新
クビシメロマンチスト
〈人間失格・零崎人識〉
大学のクラスメイトと交流する日々、ぼくは殺人鬼・零崎と出会う。戯言シリーズ第2弾。

舞城王太郎
好き好き大好き超愛してる。
愛は祈りだ。僕は祈る。祈りは言葉でできている。「恋愛」と「小説」をめぐる傑作恋愛小説。

本田透
電波男
本書を読まずして、オタクを語るなかれ。大論争を巻き起こしたオタク論、熱く文庫化！

永田俊也《としや》
落語娘
封印された噺《はなし》にまつわる落語家・香須美《かすみ》と型破りな師匠の平佐《へいざ》の物語。'08年初秋映画公開。

西村健
笑い犬
刑務所に入れられたメガバンク支店長の笑みが、卑怯で狡猾な「勝ち組」をおののかせる。

化野《あだしの》燐《りん》
白《はく》澤《たく》
〈人工憑霊蠱猫〉
有鬼派《ゆうきは》暴走——。学園都市を舞台にした戦いはさらに激しく。本格妖怪伝奇小説第2弾。

小杉健治
闇《やみ》鳥《とり》
〈どぶ板文吾義侠伝〉
大店の放蕩息子、藤次郎と知りあった文吾だが、出会う人の情と情が悲しい。〈文庫書下ろし〉

諸田玲子
末世炎上
付け火に怯え、末法思想のはびこる平安京で、惑いつつも強く生きる若者達。青春時代小説。

中嶋博行
ホカベン ボクたちの正義
コミック、ドラマでも話題！ 最後まで目が離せない本格法廷ミステリ。〈文庫オリジナル〉

藤田宜永
乱調
突然、首をつった息子。死の原因を探る男の前に現れた少女は？ 衝撃の恋愛ミステリー。

田中芳樹
夜光曲
〈薬師寺涼子の怪奇事件簿〉
東京を震撼させる人食いボタルを殲滅せよ！ 今夏TVアニメ化の大人気シリーズ最新文庫。

講談社文庫 最新刊

瀬戸内寂聴
藤壺
若き光源氏と永遠の恋人・藤壺の禁断の恋！『源氏物語』から消えた幻の一帖を小説化。

小池真理子
夏の吐息
豊饒のときを迎えた女たちの出会い、別れ。短篇小説の名手がつむぐ、6つの愛のかたち。

町田康
浄土
THIS IS PUNK！ ビバ・カッパ！ 奇想あふれる爆笑暴発小説集、全7篇。

酒井順子
その人、独身？
男性の話題になると「その人、独身？」と聞かずにいられない。話題のエッセイが文庫化。

佐川光晴
縮んだ愛
障害児学級の教員を襲った「ある事件」。ミステリー性もある第24回野間文芸新人賞受賞作。

吉井妙子
頭脳のスタジアム
〈一球一球に意思が宿る〉
一流選手には、一流の「思考」方法がある！松坂、城島らの言葉に、その神髄を見る!!

鹿島茂
悪女の人生相談
女たちよ、都合のいい「馬鹿女」でなく、男を手玉に取る「悪女」たれ。痛快無比の恋愛指南。

吉田戦車
なめこインサマー
著者赤面！ 幻の育児日記を発掘収録。虚実が高速で行き交う「戦車エッセイ」第3弾。

ランス・アームストロング
安次嶺佳子 訳
ただマイヨ・ジョーヌのためでなく
癌との闘い。そしてツール・ド・フランス7連覇。過酷な人生を鮮やかに生きる勇気の記録。

ジャック・マイヨール
関 邦博 編訳
イルカと、海へ還る日
映画「グラン・ブルー」のモデルになった、伝説のフリーダイバー、マイヨールの自伝。

ポール・ルバイン
細美遙子 訳
深海のアリバイ(上)(下)
〈マイアミ弁護士 ソロモン&ロード〉
サンゴ礁に浮かぶリゾートホテル構想をめぐって殺人が。ロマンティック法廷サスペンス。

講談社文芸文庫

舟橋聖一
悉皆屋康吉
解説=出久根達郎　年譜=久米勲
職人としての良心に徹することで、自らを芸術家と恃むようになる康吉。彼は時流の黒い影を逸早く捉える男でもあった。戦時下、芸術的良心を貫いた不朽の名作。
ふH3
978-4-06-290016-4

塚本邦雄
百句燦燦　現代俳諧頌
解説=橋本治　年譜=島内景二
前衛短歌の鬼才が「朋であり同時に敵」とする俳句。下村槐太、寺山修司、飯田蛇笏など現代俳人六十九人の秀句百を選び、斬新かつ創造的な評釈を展開した好著。
つE2
978-4-06-290015-7

和田芳恵
ひとつの文壇史
解説=久米勲　年譜=保昌正夫
『一葉の日記』『暗い流れ』の著者は昭和初頭、出版社で雑誌の編集に携わり、小説の純化のために奔走した。その現場の生き証人として当時を綴った貴重な文壇回想録。
わB5
978-4-06-290018-8

講談社文庫　目録

講談社文庫　目録

講談社文庫　目録

南里征典　秘宴の紋章
中島らも　しりとりえっせい
中島らも　今夜、すべてのバーで
中島らも　白いメリーさん
中島らも　寝ずの番
中島らも　さかだち日記
中島らも　バンド・オブ・ザ・ナイト
中島らも　休みの国
中島らも　異人伝 中島らものやり口
中島らも編著　なにわのアホぢから
中島らもほか　輝きの一瞬〈短くて心に残る30編〉
中島らも　空からぎろちん
中島らも チチ松村　らもチチ わたしの半生〈青春篇〉〈中年篇〉
鳴海　章　ニューナンブ
鳴海　章　街角の犬
中嶋博行　検察捜査
中嶋博行　違法弁護
中嶋博行　司法戦争
中嶋博行　第一級殺人弁護

中嶋博行　ホカベン ボクたちの正義
中村天風　運命を拓く〈天風瞑想録〉
夏坂　健　ナイス・ボギー
中場利一　岸和田のカオルちゃん
中場利一　バラガキ〈土方歳三青春譜〉
中場利一　岸和田少年愚連隊
中場利一　岸和田少年愚連隊 血煙り純情篇
中場利一　岸和田少年愚連隊 望郷篇
中場利一　岸和田少年愚連隊 外伝
中場利一　岸和田少年愚連隊 完結篇
中場利一　純情ぴかれすく〈その後の岸和田少年愚連隊〉
中場利一　スケバンのいた頃
中山可穂　感情教育
中山可穂　マラケシュ心中
中村うさぎ 倉田真由美　うさたまのいい女になるっ！〈暗夜行路対談〉
中山康樹　リッスン〈ジャズとロックと青春の日々〉
永井するみ　防風林
永井するみ　ソナタの夜
永井　隆　ドキュメント 敗れざるサラリーマンたち

中島誠之助　ニセモノ師たち
梨屋アリエ　でりばりぃAge
梨屋アリエ　ピアニッシシモ
中原まこと　いつかゴルフ日和に
中島京子　FUTON
中島京子　イトウの恋
奈須きのこ　空の境界(上)(中)(下)
中島かずき　髑髏《どくろ》城の七人
内藤みか 尾谷幸憲　LOVE※〈ラブコメ〉
永田俊也　落語娘
西村京太郎　天使の傷痕
西村京太郎　D機関情報
西村京太郎　殺しの双曲線
西村京太郎　名探偵が多すぎる
西村京太郎　ある朝海に
西村京太郎　脱出
西村京太郎　四つの終止符
西村京太郎　おれたちはブルースしか歌わない
西村京太郎　名探偵も楽じゃない

講談社文庫　目録

西村京太郎　悪への招待
西村京太郎　名探偵に乾杯
西村京太郎　七人の証人
西村京太郎　ハイビスカス殺人事件
西村京太郎　炎の墓標
西村京太郎　特急さくら殺人事件
西村京太郎　変身願望
西村京太郎　四国連絡特急殺人事件
西村京太郎　午後の脅迫者
西村京太郎　太陽と砂
西村京太郎　寝台特急あかつき殺人事件
西村京太郎　日本シリーズ殺人事件
西村京太郎　L特急踊り子号殺人事件
西村京太郎　寝台特急「北陸」殺人事件
西村京太郎　オホーツク殺人ルート
西村京太郎　行楽特急《ロマンスカー》殺人事件
西村京太郎　南紀殺人ルート
西村京太郎　特急「おき3号」殺人事件
西村京太郎　阿蘇殺人ルート

西村京太郎　日本海殺人ルート
西村京太郎　寝台特急六分間の殺意
西村京太郎　釧路・網走殺人ルート
西村京太郎　アルプス誘拐ルート
西村京太郎　特急「にちりん」の殺意
西村京太郎　青函特急殺人ルート
西村京太郎　山陽・東海道殺人ルート
西村京太郎　十津川警部の対決
西村京太郎　南神威島
西村京太郎　最終ひかり号の女
西村京太郎　富士・箱根殺人ルート
西村京太郎　十津川警部の困惑
西村京太郎　津軽・陸中殺人ルート
西村京太郎　十津川警部C11を追う
西村京太郎　越後・会津殺人ルート〈追いつめられた十津川警部〉
西村京太郎　華麗なる誘拐
西村京太郎　五能線誘拐ルート
西村京太郎　シベリア鉄道殺人事件
西村京太郎　恨みの陸中リアス線

西村京太郎　鳥取・出雲殺人ルート
西村京太郎　尾道・倉敷殺人ルート
西村京太郎　諏訪《すわ》・安曇野《あずみの》殺人ルート
西村京太郎　哀しみの北廃止線
西村京太郎　伊豆海岸殺人ルート
西村京太郎　倉敷から来た女
西村京太郎　南伊豆高原殺人事件
西村京太郎　消えた乗組員《クルー》
西村京太郎　東京・山形殺人ルート
西村京太郎　八ヶ岳高原殺人事件
西村京太郎　消えたタンカー
西村京太郎　会津高原殺人事件
西村京太郎　超特急《イベント・トレイン》「つばめ号」殺人事件
西村京太郎　北陸の海に消えた女
西村京太郎　志賀高原殺人事件
西村京太郎　美女高原殺人事件
西村京太郎　十津川警部 千曲川に犯人を追う
西村京太郎　北能登殺人事件
西村京太郎　雷鳥九号《サスペンス・トレイン》殺人事件

講談社文庫　目録

講談社文庫　目録

講談社文庫　目録

2008年6月15日現在